高野公彦

●シリーズ牧水賞の歌人たち Vol.1

シリーズ牧水賞の歌人たち　Vol.1

高野公彦

CONTENTS

監修　伊藤一彦
編集　津金規雄

▲高野が少年時代を過ごした愛媛県長浜町肱川河口付近（往時）写真左奥辺りに生家がある。
写真提供：大洲市役所長浜支所

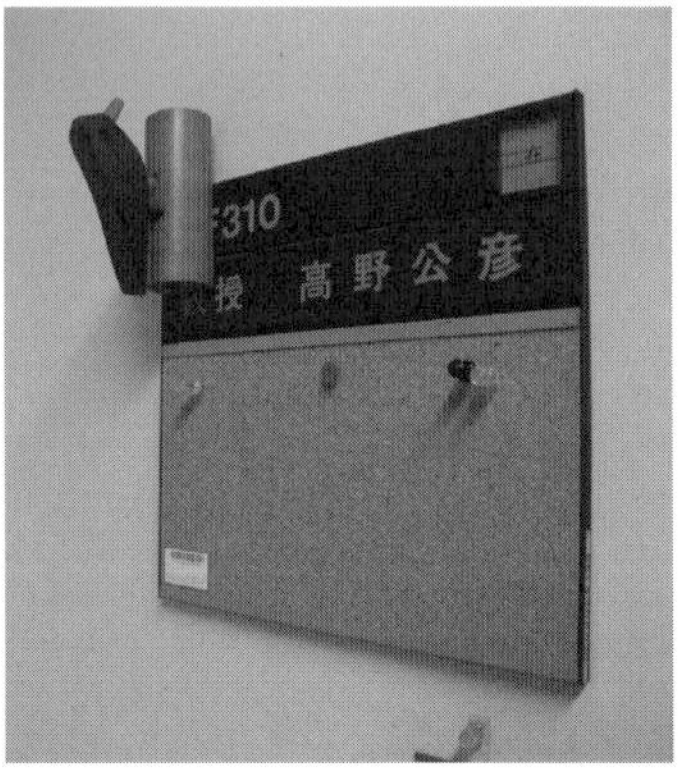
310
授 高野公彦

シリーズ牧水賞の歌人たち　Vol.1

高野公彦

青春彷徨の頃

Essay ● 加納重文 Kanou Shigefumi

日賀志君（高野氏本名）との最初の出会いは、東京教育大学（現筑波大学）の保谷グラウンドでした。クラス対抗のソフトボール大会とか称して国語国文学科の親睦の会があり、セカンドを守っていた私が、走者の日賀志君と、なにげなく言葉を交わしたのが最初です。日賀志君は松山工業を出て、横浜の日産に入り、なにを思ったか、大学に入り直してきました。私は、瀬戸内では対岸の広島県福山市の出身ということもあってか、よく親近したと思います。殆ど仕送り無しの貧乏学生同士だったので、千鳥が淵にあった学徒援護会にはよく通い、石垣に生えてたスカンポを囓ったりして、僅かに飢えを満たしたりしました。

その苦学がたたってか、私は、二回生の年の暮に、結核と診断されて、東村山のサナトリウムに強制入院させられました。バイト生活に明け暮れる勉学無縁の生活を虚しく感じ始めていた私は、ベッドで寝たまま終日読書に耽られる生活は、天国のようでした。ただ国文関係の古典書などはサナトリウムにあるはずもなく、日賀志君が大学から借りてきてくれるのが、唯一の便りでした。源氏を読んでいた時だと思います。宇治十帖に入ったあたり、次が読みたくてたまらず、「源氏の五（岩波大系の最終巻）を早く持ってきて」と、催促の電話をかけたかと思います。東村山駅からの田圃道、〃源氏の五を持ち……〃などと詠んだ歌をどこかで見たのだけれど、後にそれを言うと、彼は「忘れた。覚えてない」と言います。歌を詠む人間の感覚は、瞬間的なのかも知れません。

　まだ入学して間もない頃、昼休みの時間に、古今集でも読もうかという話になり、その度に十首ほどずつ読んでいった。覚えているのは、〃東雲のほがらほがらとあけゆけば……〃という後朝の歌で、衣ずれの音をさせながら恋人と別れる場面に、女性に縁のない苦学生ながら、なまめいた感情を抱いたのを記憶している。女性に縁が無いと言ったが、実は、クラスの同級生で、セツルでよく子供を遊ばせていたある女性に、彼が好意を持っていることを、鮮明に感じていた。私も同じ感情を持っていたので。漱石の小説みたいです。私がサナトリウムに入院した時、見舞いに来てくれた彼女に、日賀志君の感情を伝えました。彼女は、講義の終わったある教室で、私に言われたことの真意を質したそうです。日賀志君は、狼狽して「そんなこと無い」と否定したそうで、この話はあっけなく終局となりました。彼の人生も、私の人生も揺れ動いていましたね。

　愛媛出身の日賀志君は、初めは俳句に興味を持っていたようですが、歌にも関心を示すようになり、仲間うちで朝日歌壇に応募してみることが流行りました。掲載されると、たしかハガキ10枚ほどを貰えて、それで次にまた応募するといった具合でした。仲間うちでも、日賀志君が最優秀で、入選の常連のようになると、選者の宮柊二の目にとまり、詠歌の内容から貧乏学生と推測された宮先生の誘いで、その結社を住み込みで手伝うようになりました。学内では、彼を中心に短歌会のようなものが結成され、勝手な放談を楽しんでいたが、その輪は、国語国文学科の下級生や他学科の学生などにも広がっていきました。ある時、その頃東長崎に住んでいた私のアパートに来る約束をしていた彼が、約束の時間になっても現れず、そんなにルーズでもない性格に似合わない、どうしたのかと思っていたら、はるか夕刻になって、一人の女性を連れてやってきました。短歌会に入ったばかりの、西洋史専攻の女子学生で、私のボロアパートを訪ねる説得に時間を費やしていたようでした。その後、妻として迎えた事情を推測すれば、私をどんなダシに使ったのでしょうか。

私の方にも、身辺に多少の変化がありました。サナトリウムは、従軍看護婦だったような猛者もおられたが、私は、福島から上京して間もない若い者護婦さんと親しくなりました。サナトリウムからの退院も間もなくなった春先、私たちは秘密の婚前旅行を企てました。江ノ島から鎌倉をまわる旅行でした。鎌倉の旅館で、彼女が買ってきたブドウを食べている場面に、なぜか日賀志君もいるのです。その夜は、鎌倉の宿での新婚旅行の初夜だったはずですが、なぜか彼女を中にして、川の字になって寝た記憶だけが残っています。我ながら不思議な記憶ですが、日賀志君に真偽を質すのは無理でしょう。歌人というものは、そういう散文的な記憶には不向きな人種のようなので。

Profile
かのう・しげふみ　1940年生まれ。京都女子大学教授（平安文学）。著書に『歴史物語の思想』など。『源氏物語の地理』など編集。

モスクワの朗詠

Essay ●高橋順子 Takahashi Junko

もう三十数年も前のこと、大学を卒業してすぐに私が勤めたのが河出書房新社だった。この会社が入社二カ月目にして倒産（第二次）し、社の内外はたいへんな混乱に陥った。私は編集部付き庶務係として居残ったのだが、神田小川町の社屋の三階で、あまり仕事も与えられずに一年を過ごした。

三階は日本文学と世界文学、「文藝」編集部が使っており、確かカギの手になって曲がった窓際のところに日文編集部の高野公彦さんがいらっしゃった。もちろんご本名のほうで座っていらしたのだが、歌人だったとはまったく知らなかった。社内には童顔でにこにこしていた歌人の小野茂樹さんがいらした。輪禍に遭われたという知らせも、その部屋で聞いた。佐佐木幸綱さんはじきに辞められたと思う。詩人の清水哲男さんは労組の書記長で、出版社の社員らしいスマートなストライキをしよう、とアジ演説をした。

高野さんの自筆年譜をみてみると、河出書房に入社したのは、私より一年前だったと知って意外な感じがした。あの席に数年間、ひっそり座っていられたような印象があった。荒立った声は聞いたことがなかった。私は下請けの会社に拾ってもらって河出を去った。

それから雑誌か新聞かで写真を見て、あの人が高野公彦だったと分かって驚いた。いま私は短歌を読むのが好きで、高野さんの歌もそらんじているのがあるが、あのころ歌人の名は、教科書に出ていた人たちと、佐佐木幸綱と小野茂樹しか知らなかった。数年前佐佐木さんがＮＨＫ歌壇のゲストに招いてくれたとき、東京青山で国文学者の栗坪良樹さん、それから高野さんと合流して、夜中過ぎまでお酒を飲んだことがあった。勤務先の青山学院女子短期大学の帰りであるとのことだった。河出にいた私をおぼえているとおっしゃったが、どうかな、とじつは私は思っている。

そんなほそいご縁だったのだが、一昨年ロシア語版の日本文学アンソロジーが独立行政法人国際交流基金とロシアの出版社により刊行されたのを記念して、モスクワで開催されたシンポジウム「現代日本文学の発見」に、ともに参加することができた。十一月も末のロシアだったから、難儀をするだろうとは思ったが、高野さんが参加を決断してくれて有り難かった。ロシア文学の沼野充義さん、小説家の島田雅彦さん、俳人の正木ゆう子さんたちも参加。

国内では短歌・俳句・現代詩とはっきり三つに分かれているが、外国ではぜんぶポエムである。もっとも大分前からハイクに関心が寄せられているので、俳人は鼻高々だが、私は外国の人の作るハイクはどちらかといえば、短歌に近いのではないかと思っている。外国語だと音節が単位だから容量が多いし、彼らはよく自分を語るからである。これはもっと検証しなければいけないが、もしもそうだとしたら、歌人たちも外国の詩祭にどんどん出ていって日本のタンカを広めたらどうかと思う。上記のアンソロジーでは俳句は三行、短歌は五行に翻訳された。

ポエトたちは自作朗読と簡単なスピーチをしたのだが、初日の高野さんの朗読は棒読みだった。私は以前馬場あき子さんの朗読を聞いたことがあるが、やはり抑揚をつけずに読まれた。現代詩のほうは読み巧者の支倉隆子さんが「さよりりー、さよりりー」と歌うように声を張って盛り上げてくれた。

多分そのとき日本の歌人代表として出席している高野さんに、おそらく千年前の歌びとのため息が届いたのではないか。翌日の晩、文学カフェ・オギで行われた朗読会では、真っ暗な中、スポットライトを浴びた高野公彦は百人一首の読み手のように、堂々と朗詠したのである。

　白き霧ながるる夜の草の園に自転車はほそきつばさ濡れたり
日本語の母音の豊かさが、声のつばさに乗って流れ、カフェの客たちの私語もしばし止んだ。

旅の間、思い出すのは、高野さんが他の人たちが飲んで食べて騒いでいるときに、一人窓に向かって、原稿用紙にペンを走らせていた姿である。スピーチの原稿を成田で通訳の女性に渡す約束が多忙のために果たせず、結果として手書き、縦書きになった。ノート・パソコンはお持ちではないらしい（私も持っていないが）。訳しにくいから横書きにしてください、と言われたようだった。理由を聞かなければ、歌人は勉強家だと思ってしまうところだった。私もじつは縦書き原稿を渡したのだが、ワープロの文字だったので、ＯＫと言ってくれた。

モスクワのホテルの朝食は豪華で、驚くべきことにシャンパンが飲み放題だった。私は横目でにらんでいたのだが、お役目も終わった日の朝、初めて味わった。帰国後、朝のシャンパンの話が出た。高野さんは、そんなものあったんですか、なんておっしゃっていた。残念でしたね。

Profile
たかはし・じゅんこ　１９４４年生まれ。詩人。「歴程」同人。『貧乏な椅子』（詩集）『高橋順子詩集』『富小路禎子』（評伝）など。

同郷の兄

Essay●坪内稔典 Toshinori Tsubouchi

端正にして静謐。これが高野公彦という歌人から連想する言葉だ。端正も静謐も私はあまり使わない言葉だが、それはつまり、私から遠いのだ。

高野の初期の作を集めた歌集『水木』（一九八四年）に次の歌がある。

喜木津村

夏みかんの真白き花を雨洗ふ父のふるさとに一夜ねむりぬ

姉の墓浄めてをれば昼さがり羽光りつつばつたが飛べり

朝羽《あさは》振り姉は飛びゆき夕羽ふり帰りこざりきこの庭の上《へ》に

二十代の歌なのだが、私から見れば驚くべき出来栄えだ。表現に無駄がなく、イメージもリズムも鮮明。すなわち、端正にして静謐なのである。三首目などは柿本人麻呂もびっくりしそうな技巧の冴えを示している。二十代の私も俳句や詩を作っていたが、とても高野には及ばない。私は混濁していた。

ちなみに、喜木津《ききつ》は今は八幡浜市域に入っているが、十代の私は、喜木津の所在する町の高校に通っていた。高校は宇和海（太平洋）側、喜木津は伊予灘（瀬戸内海）側にあった。高野は喜木津からいえば東の方に位置する長浜町で育っている。肱川の河口の町だ。私は喜木津の西側、九州に向かって伸びた佐田岬半島の中ほどで育った。私は高野の三歳下だが、ほとんど同じような空気の中で育った気がする。でも、高野の見ていた肱川の河口や瀬戸内海はきっとおだやかだったのだろう。いや、現実には荒れたとしても、それは端正にして静謐にあるべきだった。それが高野の原風景である水辺の故郷だろう。

　国ことば語尾にゆたかに母音あり母音は海と日の匂ひする

これは『淡青』（一九八二年）にある歌だが、この母音はゆったりしている。だが、半島育ちの私の母音はせかせかしている。高校時代、半島育ちの私は早口や言葉遣いの荒っぽさを友人に指摘されたが、逆に長浜あたりで育った同級生の言葉はのんきなほどにのんびりしていた。この違いが歌人・高野公彦と俳人・坪内稔典の根本的な違いかもしれない。やや大胆に、短歌と俳句の違いがそこにある、と言いたいところだが、それはちょっと僭越だろう。

　さへづりの位置高まりてひばり今ひかりのシャワーの只中にあり
　ふかぶかとあげひばり容れ淡青《たんじやう》の空は暗きまで光の器

高野の歌で最初に覚えたのはやはり『淡青』にあるこの二首だった。もしかしたら私は、この二首の印象から端正、静謐という言葉を高野公彦の枕言葉のように連想するようになったのかも。それほどにこの青空の雲雀は端正で静謐だ。忙しく囀っているのに端正で静謐なのだ。そういえば、ある時、これらの歌を思い出して、ちょっと悪戯をしたことがある。私も大胆に雲雀の歌を作ったのである。

　さえずりが光の破片となるまでを空にとどまりひばりよひばり
　さえずりの調子があがりさえずりの中止も出来ず空のひばりよ

盗作的に出来たこの歌は、歌集『豆ごはんまで』（二〇〇〇年）に収めているが、次のような俳句も高野の刺激で出来た。

一羽いて雲雀の空になっている

空海も雲雀の一羽本日は

先にも言ったように私は高野の三歳下。これはとても快適なポジションだ。高野は兄、私は弟の位置だから。弟としては無茶やわがままがかなり通る気がするのだ。兄が端正で静謐に存在するから。高野を見ながら、私は、ごく自然に兄とは別のことをしようとしている。もちろん、うんと接近して真似に及ぶこともあるのだが。

ところで、最近、高野の端正さと静謐さにはふくよかさが加わってきた。

女人ありてこの世が少しあたたかし　つーい、つーいと空ゆく蜻蛉《あきつ》

一つづつ橋を燃やして孤立するごとき生《せい》かなわがありやうは

空海が旅の途中で尿《ゆまり》せし所のやうに繁縷《はこべ》しげりぬ

歌集『水苑』（二〇〇〇年）にある歌だが、高野は蜻蛉や橋、繁縷にうんと近づいている。それらになりかかっていると言ってもよい。

橋の歌からは長浜の赤い橋を連想した。肱川に架かる赤い開閉橋は長浜の名物。高校時代、私はその橋へデートで行き、橋の開閉を恋人と眺めた。

先年、長浜に行く機会があり、再びその赤い橋を眺めた。その夜、河口近くの古い旅館に泊まった。その旅の体験が後に次の句になった。

波音が月光の音一人旅

高野公彦は兄なのだ、私には。旅する兄の後を私は追っている。

Profile

つぼうち・としのり　1944年生まれ。俳人。「船団」代表。佛教大学文学部人文学科教授。『落花落日』（句集）『正岡子規』（評論）など。

【「コスモス」初登場作品（昭和三十九年十一月号）**】**

まぼろしに顕ちては白く消えゆけり両手を垂るる小さき人々

ルーテルの聖書には強く気味悪き生命《いのち》ありと言ひしヘッセも逝きき

はてしなく分派をしゆく運動に呑まれて教室に帰らぬ誰彼

【座右の書】

『日本地図帳』（昭文社）

昔から地図を見るのが好きで、今でもよく眺める。日本は狭いやうで広い。行きたい所がたくさんある。実際に行けなくても、見るだけで楽しい。

『現代の短歌』（講談社学術文庫）

自分が編集した本だが、必要があつてときどき利用する。

『宮柊二歌集』（岩波文庫）

これも右に同じ。

『広辞苑』（カシオ電子辞書）

必要があつて、毎日利用してゐる。特に必要がないときも、〈言葉の森を散歩する〉といふ感じで使ふ。

高野公彦

そして未来

▼般若心経の暗誦

伊藤　高野さんは言葉に対して、すごく愛着と関心を持っておられますけれども、それは小さいときから本を読むことが好きで、言葉や文字に関心があったということがあるんですか？

高野　僕は特別そういう傾向はないんですけれども、ひとつ覚えているのは、高校時代に、工業高校ですから文学と無関係ですけれども、読書好きな友だちがいて、お互いに図書館の本を借りて競争して読んでいました。そのとき読んだのが、吉川英治の『宮本武蔵』です。

伊藤　長いやつ…

高野　長いんですが読んで、ひとつだけ覚えているのが、一乗寺で宮本武蔵と吉岡一門の剣士が決闘する場面です。それを草むらの陰から伊織という少年が見ているんですよ。人が刀で切り合っているのを見て、あまりにも恐ろしいので、そのとき伊織は思わず、「いばりを漏らし

伊藤一彦

過去、現在

た」という。

「いばり」とは小便のことなんだけど、その「いばり」という言葉に出会って、おもしろい言葉があるなと思った。言葉というものを意識したのは、そのときがはじめてです。それまでは何もないですね。

伊藤 でも「現代短歌雁六号」の年譜に、「般若心経を暗誦した」とあります。あれは中学時代ですか？

高野 あれは中学校のときで、言葉というか、意味は知らないで、単なる棒暗記ですね。海を泳いでいると怖くなる時があるんです。地元の言葉でエンコと言うんですけれども、死霊という意味で、死霊が泳いでいる人の足を引っ張るぞ――と、子どもは大人からオドかされているんです。要するに、危ないところに行かせないようにするんでしょうね。

確かに、河口の汽水域は大きな川が海に流れ込むところだから、海からの満ち潮もあるし、潮の流れが複雑なんですよね、水が急に冷たくなったりして、ときどき人が実際に溺れ死んだりする。
　だから、子どもがそういうことにならないように、大人は「エンコがつべ抜く」と言った。「つべ」というのはお尻のことですが、死霊が尻を引っ張るという言葉。そうやってオドされていたんですが、うちのおふくろが、「あんた、そがいなときは、お経の文句を唱えたら助かるんよ」と言っていました。『耳なし芳一』の考えですね。
　それで僕は、家の仏壇の引き出しに「般若心経」がたまたまあったので、それを覚えただけです。

伊藤　では、「般若心経」そのものをお母さんが勧められたんじゃなくて、「般若心経」は高野さんが自分で、これが自分を守ってくれると？

高野　そうです。おふくろは「南無阿弥陀仏」とか、そんな断片でいいんだと言っていましたけれども、もっと覚えようと思って。たくさん覚えたほうが、もっと安全かなと思ったんです。（笑）

伊藤　だってあれは、二六〇いくつかありますよね。

高野　三分の二ぐらい覚えましたね。あとは似たようなフレーズがあるので、ややこしくて覚えきれない。「無」という言葉が二十回も三十回も出てくるんですよ。「無無明　亦無無明盡　乃至無老死」と。先へいくと、だんだんごちゃごちゃになって覚えにくい。でも、三分の二ぐらい覚えましたね。いまでも半分ぐらいまでは言えるかもしれません。

伊藤　それが、のちの『般若心経歌篇』という全部文字を使った歌集になるわけですね。

高野　そうですね。いつも肱川の河口で泳いでいたんですが、実際に泳ぎながら唱えたことがありますよ（笑）怖くなって。深い所に来て、下を見ると怖いんですよね。下の砂とか岩とかが見えているときには怖くないんですが、暗くて見えなくなると、何かが隠れていそうで、ぞっとしちゃうんですよ。

伊藤　エンコがいる、って。

高野　エンコがいるかもしれないと思った時、お経をつぶやくわけです。

伊藤　いまの子どもたちも、そんな感じがあるんでしょうか。そういうところに泳ぎには行っていないかな。僕らは川とか海で何度か溺れかかったり、「危ないっ」と、ひやっとする経験がありますよね。

高野　ありますね。やはり泳ぐのは怖かったですよ。

伊藤　呑んで終電で帰るときに、「般若心経」を唱えたら無事に帰れるとか。（笑）

高野　唱えればいいんですよね。けど寝ちゃうんですよ。（笑）
　「般若心経」は一度だけ、実際に役に立ったことがあります。これは無駄話なんですが、私が会社に勤めていたころに、中華料理屋の二階の畳部屋で忘年会をやっていたら、ふすま一つ距てた隣で、別の知らないグループが忘年会をやっていたんです。我々は十人ぐらいで、向こうが二十人ぐらいだから、向こうがものすごくうるさいんです。

それじゃあというので、僕が皆さん静かにしていてくださいと言って、シーンとしてからお経を唱え始めたんです。「観自在菩薩　行深般若波羅蜜多時…」って、隣に聞こえるように唱える。そうしたら隣がだんだんしぃんとしてきました。

伊藤　隣の人は、お経が聞こえてきたから、あまり騒いじゃいけないと思われたんでしょうか。

高野　なにごとだろうと思ったんでしょうね。非常に効果がありました。（笑）

伊藤　おもしろい話ですね。

いま、小さいときのお話をうかがったんですけれども、高野さんが覚えておられる一番幼いときの記憶というのは、何歳ぐらいの記憶がおありですか。

高野　文学者とかいう、小説を書く人の随筆なんかを読むと、すごく小さいころのことをよく覚えている人が多いんですけれども、僕はあまりそういうのはなくて、忘れっぽい。小さいときも、大きくなってからも、わりに記憶がないほうなんです。

たぶん一番古いのは、小学校に上がる前で、正確にはわからないですけど、五歳ぐらいじゃないかと思います。

家の前に七輪が置いてあって、おふくろが七輪に炭を入れていた。堅炭《かたずみ》という、消し炭に対して、きちんとしたクヌギでつくった炭ですね。そういうのは、まず消し炭に火をつけてから、その上に堅炭を置いて発火させる。堅炭は火がつくと、ぱちぱちときれいな火花が飛ぶんですね。なぜか家の前の道路で母親が火を熾して、火花がぱちぱちと飛んでいるというのが、一番古い記憶ですね。

伊藤　印象に残っておられるわけですね。

高野　なぜ外に出したかというと、七輪は団扇で煽がなくちゃいけないんですね。外は風があるんで、七輪の口を風に向かって置けば、風が入ってきて自然にぱちぱちと火花が飛ぶ。たぶんそれで、家の前に出して火を熾していたんじゃないかと。で、そこに母親がいた。

伊藤　五歳ぐらいのときですね。

高野　あいまいですけど、四、五歳という感じでしょうか。ほかの記憶は何もないんですよ。

伊藤　僕もほとんど覚えていないんですけどね。文学者なんかは、二歳のときにこういう体験をして、それが自分の原体験になったとか、ときどき書いておられますけれども。

高野　すごいですね。なんか、うらやましい感じ。（笑）

小学校のころになってもそんなに記憶がなくて、あと覚えているのは、溺れたときの記憶ですね。

伊藤　よく泳ぎはされていたわけですね。

高野　溺れたのは泳げるようになる前。僕が泳げるようになったのは、中学一年生ぐらいだと思います。

小学校低学年のころに、家の近くの浜

辺で遊んでいて、昔はよく伝馬船がつないであったんですよね。伝馬船が二艘、三艘とつないであって、それに乗り移ったりして遊ぶ。みんなそういう遊びをしていたんです。

それで、二艘の舟のあいだに両足をまたげて立っていたら、両方の舟が離れていったので、どぼんと落ちたわけです。「あ〜っ」と叫んで上を見上げたら、水面のほうに、あぶくがブクブクとのぼっていったのを記憶しています。

近くの舟の中に大人がいたのか、すぐに手を引っ張り上げられたんです。それが小学校低学年のときで、一年生か二年生ぐらいでしょうか。

▼方言を使った歌を

伊藤　この度「桟橋八十号」が出まして、今度は「時のまほろば」という一連があります。この内容はだいたい高野さんが小学校ぐらいのときですか。

高野　中学生ぐらいが中心ですね。小学校のころのことや、高校生ぐらいになってからのできごともちょっと混じっていますけれども、たぶん中学生のころの記憶が中心になっています。

伊藤　これを見ると、実際にこのとおりだったかどうかはわかりませんが、体験を方言を使って歌っておられる。

高野　ええ、だいたい事実に即して詠っていますね。

伊藤　愛媛と宮崎は方言が似かよっていて、お金持ちのことを「ぶげんしゃ（分限者）」とか、僕らも言っていました。

もともとは「ぶんげんしゃ」なんでしょうけれども、分限者とは金持ちのことでして、どんな短歌があるかというと、

「ぶげんしゃはどんなおやつを食うならん梅干の種割りつつ思う」

我々はこんなものを食べていたという歌ですね。

高野　食べていたでしょう、梅干し。おやつがないときに梅干しを食べて、そのあと種を石の上に置いて金槌でたたく。これがなかなかうまいんですよね。あれが食べたいがために梅干しを食べているような感じで。

伊藤　梅干しそのものは食べたくないって。

高野　梅干しは、ちょっと酸っぱいので。

編　あれは天神さんなんて言いませんか。

伊藤　天神さんって言いますね。

高野　あれのことを。

伊藤　はい。

編　私なんか天神さんと言いますね。

伊藤　天神さんと言いますね。あれは京都でも宮崎でも言いますね。

高野　僕らは名前を知らなかったですね。僕らはあいまいだけど、梅干しの種って言っていたかな。

伊藤　日常はそうですね。

高野　種っていうのは外側を言うわけですよね。種の中身の呼び名は知らなかったですね。天神さまはいいですね。食べたくなったな。

伊藤　焼酎のお湯割りの中に入れておい

て、あとで。（笑）

高野　梅干しを食べて、種を貯めていたような記憶があります。一つでは小さいでしょう。だから四つ、五つ貯めてから、こつこつ割って食べるというのが楽しみでしたよ。

伊藤　こういう小学生、中学生、高校生時代の思い出というので、いまちょっと詠ってみたいなとかいうのは？

高野　思い出を詠いたいというよりも、「分限者」とか、いろんな古い言葉があって、使う人が少しずつ減っているわけですよね。言葉を短歌のかたちで残したいということで、言葉を残したいから歌をつくっているんですよ。

「桟橋」に出したのは二十四首だと思うんですが、それ以外にもつくって、いまは全部で五十首以上あります。「現代短歌雁」の、この前の57号にも二十首ぐらいつくって、そのままだと意味がわかりにくいものは、詞書きで説明しました。

伊藤　ええ、書いてありましたね。

高野　知らない人もわかるようにと、注をつけて。

伊藤　短歌で方言が出てくるって少ないですよね。

高野　短歌で方言を使う場合は、極めてユニークな特徴のある津軽弁とか京都弁とか、それを使った短歌はときたま見かけますけどね。愛媛の言葉は極端な特徴がないので、あまりまだありません。いままでつくった人でも、断片的につくった人はいるでしょうけれども、それを断片的ではなくて、まとめてつくりたいなと思っています。

伊藤　「いもがゆ」を、「いもがい」と言ったとかね。

高野　そうなんですよ、いもがい。

伊藤　「しまっておく」を「のけとく」と言うのは宮崎も同じです。やはり西のほうは共通なんでしょうかね。

高野　「ひろう」というのを「ひらう」と言います。

伊藤　そうですね、「ひらう」って。

高野　関西もそうですよね、「ひらう」って。

編　そうですね、同じですね。

高野　会社に勤めていたころ、普通の言葉をしゃべっている人が、タクシーが来たときに「タクシーをひらっていこう」と言うので、この人は関西の人なんだと。

伊藤　わかりますね。（笑）

高野　それで出身がわかるという。

伊藤　ここで出てくる、お母さんの「あんきな暮らし、したいのう」って、この「あんき」というのは宮崎では言いませんね。

高野　使いませんか。京都はどうですか、「あんき」。

編　「あんき」というのは、どういった意味なんでしょうか。

伊藤　「あんき」というのは、気楽な、平穏というような。

編　言わないですね。

高野　「あの人はあんきな人やのう」というのは、あの人は少しぼやぼやしているとか、悪い意味でも使うんです。

伊藤　あと、性にかかわる歌もいくつか、「時のまほろば」のなかにありましたね。

高野　ありますかね。

伊藤　僕らも少年時代は性に対する関心があったのですが、それを詠うというのは、なかなか難しいですよね。

高野　うん。それは子どもの時代ですけれども、子ども時代に限らず、性的な歌をつくりたいんですよ。

伊藤　本当は人間にとってものすごく、さっき食べものの話をしておられたけれども、食と性というのは人間の一番根本にかかわる部分ですよね。だから性の歌なんか詠えるといいけれども、実際はなかなか難しいですよね。

高野　難しいですね。

伊藤　でも高野さんの歌は、我々に非常に印象を与える、自分の少年時代もこうだったなと思わせる、そういう歌ですよね。

高野　性に対する関心は強かったですよね。男の子同士で集まるとすぐに、「あのおなごは胸が大きゅうなっとるぞ」とか、「ブラジャーしとるぞ」とか言って、中学時代にいろいろなことを喋ってましたよね。

伊藤　だいたいみんな、そういう世界で育っているんだけど、なかなか表現に出さずに終わっている世界ですよね。それを高野さんは詠っておられるなと思って、なかなかおもしろく感じました。

　中学生のときは美術部なんですよね。

高野　絵を描くのが好きだったんです。なんで好きになったかは知りませんけれども、美術部に一年生、二年生、三年生と三年間いたと思うんですが、絵を描いていました。

伊藤　それは、もっぱら風景の絵とか。

高野　そうですね。モデルなんて描いたことはない。部屋の中で静物を描くか、外へ出て風景を描くか、樹木とかね。

　美術部では、蛸壺の絵を描いた。海辺の町なので、蛸壺がそのへんにごろごろあるんですよ。それを借りてきてテーブルの上へ置いて、蛸壺の周りにもう少し何か置いて、蛸壺の絵を描く。蛸壺の絵は覚えていますね。フジツボがたくさんついていた。

伊藤　そのころ、将来は絵描きになりたいと思われたことはなかったんですか？

高野　それほどでもないんですね。

伊藤　では中学生ぐらいのころは、将来は何になりたいと思っておられたんでしょうか。歌人というのは思っておられませんよね。(笑)

高野　思っていませんね。特に何も考えていないと思います。あまり将来のことを考えない人間なんで。

　小学校の卒業のときに文集ってあるでしょう。そこで何になりたいというのを書きました。

伊藤　六年生ぐらいのときに、だいたい書きますよね。

高野　そのときに僕は「力士」と書いていました。

伊藤　相撲が強かったんですか。

高野　いや、強くはないんですが、田舎の小学生の男の子は、校庭なんかで相撲をよくやっていましたよね。

　ズボンのベルトをつかんで相撲をやるんだけれども、相撲をとっているうちに、ここがよく切れるんです。いつもベルト通しが切れて、ぴんと跳ねている子どもがたくさんいました。それで母親に繕ってもらうんですが、「あんた、またこがいなことして」と、しょっちゅう小言を言われていましたね。（笑）

　中学校に入ってからも相撲をやっていました。土俵でやるわけではなくて、普通の場所でやるんです。

　私は栃錦の時代でしたね。「栃若」で、この時代は相撲そのものが人気があったんですよ。ラジオで聴いていました。

伊藤　ラジオですよね。

高野　聴いていたでしょう。

伊藤　あれはすごく興奮して、いまのテレビ時代から考えるとラジオの相撲をどう思うか知りませんけれども、けっこう場面がありありと目に見えて、力が入って聴きましたよね。

高野　そうですね。

伊藤　では、あまり文学少年ではなかったんですね。

高野　ぜんぜん違いますね。一番熱中していたのは、やはり絵ですかね。

伊藤　中学時代ですね。僕も高野さんが描かれた自画像を見せてもらって、コピーをもらって持っているんですけれども。

高野　あれは、あとで描いたものです。

伊藤　あれは高野さんがいつぐらいのときでしょうね。高野さんといっしょだった「NHK歌壇」の「第一歌集を語る」のときに、高野さんが持ってみえて、それで僕がこれをくださいと言ってもらって、家で大事に持っています。

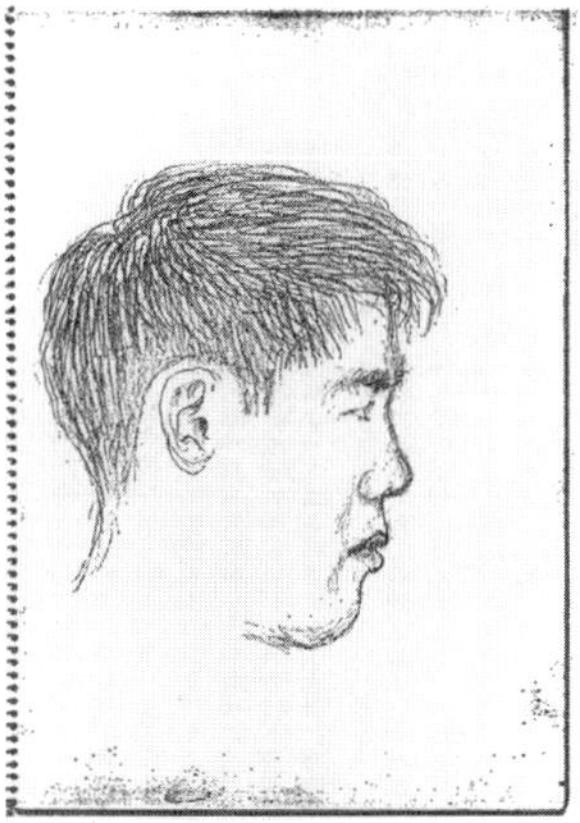

高野　大学生のころに描いたものですね。中学三年間は美術部をやって、高校では絵を描かなくなって、また大学に入ってから、ときたま描いていました。スケッチブックを買って何かを鉛筆で描くだけですが。

▼将棋と器械体操

伊藤　高校は、工業高校の機械科ですか。

高野　機械科です。そのころは将棋に熱中していました。

伊藤　将棋と機械というのはどういうふうに。

高野　学校とは関係なく、行き帰りの汽車の中で。

伊藤　長浜から松山まで、何分ぐらいかかったんですか。

高野　ちょうど一時間。

伊藤　その間はだいたい将棋をさしておられた？

高野　長浜という町から同じ工業高校に通うのが四人いて、汽車の本数は非常に少ないから、乗る汽車は決まっているんです。朝は始発だったのでボックス席に四人で座れるから、そこで将棋盤を二つ並べて、二人ずつでやっているわけです。毎日、毎日。

伊藤　勉強はしなかったんですか。

高野　勉強なんかしないですね、高校時代は。

中学校も高校も僕らは田舎だし、進学なんて念頭にないような環境で育ったから、勉強はただ学校で授業を受けるだけで、試験の前の晩に勉強する。それ以外で勉強なんかしたことがないですね。いい環境でしたよ。親も勉強しろなんて、ひとことも言わない。

伊藤　高野さんは、すごく器械体操が得意だと聴いたんですよ。

高野　得意というほどではないんですが、得意なのは器械体操というより逆立ちです、倒立。僕は小学生のころ、やや身体が弱かったんですよ。小学校三年生のときに、肺門リンパ腺という病気にかかって三カ月ほど家で寝ていたんです。入院するほどでもないので、ただぼんやり寝ているだけで。

そのときに読む本もなくて、父親の持っていた地図帳があった。世界地図と日本地図があったので、日本地理と世界地理を覚えたんですよ。勉強しようという気持ちはないんですが、見るものがないから。それで自然に日本の都道府県とか、県庁所在地、世界の国の名前、首都の名前などを覚えた。たとえば、サウジアラビアの首都はリアドというところだったかな。そういうのを一人で覚えていった。

その病気のあとも、なんとなく身体が弱かったんで、おやじが「逆立ちをすると身体にええけん、逆立ちをしなさい」と。最初は壁の前で手をついて、足を振り上げて、壁にもたれてやっていたんですけれども、しばらくして壁なしでやるようになって、そのうちに歩けるようになって。歩くといっても、二十、三十メートルぐらいです。

伊藤　逆立ちで、二十、三十メートルを歩いたらすごいですよ。

高野　それが中学校のころだと思うんですが、そのころから逆立ちが得意になって、高校に入ったときに、僕がグラウンドで逆立ちしているのを器械体操部の先輩が見て「おまえは器械体操部に入れ」と勧誘されたんですよ。でも僕は逆立ちしかできない。大車輪ができなくて、怖くなって辞めました。（笑）平行棒の上で倒立するとかはできたんですよ。吊り輪で上がって、吊り輪の上での倒立もできましたけれども、その程度で。

伊藤　それはたいしたもんですよ。

高野　けれども十字懸垂なんて、絶対にできません。

伊藤　では、逆立ちは本当に健康のためにプラスになったんでしょうね。

高野　なったと思います。逆さまになると内臓が揺すぶられるんじゃないですか。大きく揺すぶられはしないけれども、程よく揺れる。普通の位置と逆になるでしょう。だから自然に、がさがさっと揺すぶられて、それがよかったんじゃないかと思います。いまは身体が重くなって倒立できないですね。

伊藤　歌人たちもときどき逆立ちしてみると、いい歌ができるかもしれませんね。内臓を揺さぶって。（笑）

高野　身体にいいと思いますね。ただ体重が増えると、むつかしいですよ。体重が増えると両腕で支えられない。それに身体が硬くなると反れないんですね。身体がまっすぐでは安定しないので、すぐに倒れてしまう。少し反らないと。だから、もうできなくなっていますね。五十歳ぐらいまではできました。

伊藤　え、五十歳ぐらいまで？

高野　二、三メートルは歩いていましたね。しょっちゅうやっていればよかったのに。

伊藤　でも、高野さんの運動神経がすごいというのは、牧水賞の第一回授賞式で岡野弘彦さんが、高野さんとサッカーの試合をしたときに、自分がシュートしようとしたら、高野さんが猛然とシュートを阻止しようとしてきた、という話をされましたけれども。

高野　僕はディフェンスのほうだったので、ゴールの近くに立っていると、いやでも相手が迫ってくる。それを防ぐだけですから、べつに運動神経があるわけじゃなくて、普通ですね。

伊藤　そうすると、短歌をはじめてつくられたのは、高野さんの自筆年譜でいうと、中学校の国語の時間に。

高野　そうですね。国語の先生が熱心で、宿題で短歌二首というのが出て、それでつくりました。

伊藤　それは覚えておられますか。

高野　ええ、一首だけね。実に平凡な歌で、はずかしい気がします。

伊藤　中学生だから。

高野　いまの中学生は、もっといいのをつくりますよ。僕のは

「ふりつづくあめにバラの芽ぐんとのび露をたたえて垣にまきつく」という歌。ああ、いやだなあ。

伊藤　いいじゃないですか。

いまは日本語そのものが進化していると、僕は思うんです。短歌のほうでも言文一致がどんどん進んできて。だからいまの中学生は、そういう日本語の発展が後押ししていると思うんですが、高野さんや僕らのころは、まだまだ短歌がそこまでいっていない時代だと思うんですけれども。

でも、いまのはすごく新鮮な感覚ですね。

高野　いやいや、もうちょっとどこか、ぴりっと光るものがあればいいんですが、ぜんぜんそれがないですね。

中学の国語の時間には、たぶん正岡子規の歌なんかを習ったんじゃないかと思

うんですけれども。

伊藤　やはり愛媛は正岡子規ありということで、国語の先生なんかは、すごく熱心な方が多かったんですか。

高野　私の習った先生は久保七郎という人で、僕が大学時代に「コスモス」に入って、「アララギ」という雑誌をちらっとのぞいたら先生の名前があった。

伊藤　先生が載っておられた。

高野　うしろのほうだから、あまり偉い人ではなかったみたいですが、歌が出ていました。一首ぐらいしか出ていなかったですね。(笑)

それであとから、あの先生は歌人だったんだと思って懐しくなりました。

伊藤　僕がいる宮崎県立看護大学に今年の三月までいた愛媛出身の先生が言われた話で、僕が忘れられないものがあります。こんな話なんです。

自分が小さいときに、戦争が終わって帰ってきた人たちがいて、その大人たちが、食糧の確保や住宅の確保よりも、「おい、句会をやるぞ」と言ってやっておったと。その先生は、この人たちは食いものよりも家のことよりも、句会だ、句会だって、なんとのんきな大人だろうと思ったと、自分の少女時代の思い出として言われたことがありました。

それを聴いて、やはり愛媛ってすごいんだなあと思いましたね。そういう人たちが少なからずいたんでしょうね。

高野　そうですね。そういう人もいるんでしょうね。僕の身の回りには、あまりそういう人はいませんでした。

伊藤　短歌は中学時代にはじめてつくられて、そのあと特に熱心につくられるということはなかったわけですか。

高野　ええ、それきりですね。

伊藤　そのまま熱心につくっておられたら、ストレートに大学の国文科に行かれたかもしれないけれども。

高野　いや、僕らの田舎の中学は、大学に行く人がいなかったですよ。

伊藤　では、自然に工業高校に。

高野　ええ。だいたい地元の普通高校か工業高校へ行って、どこかに就職する。一〇〇人のうち九十八人ぐらいがそんな感じで、あと二人ぐらいが大学へという感じじゃないかと思います。

伊藤　僕らの時代というのは、高校進学率も三十、四十パーセントぐらいでしょうかね。大学というのは、そのうちのほんとうに少数の人たちが行っていた時代ですね、昭和三十年代はね。

高野　僕なんかの家の近所には、大学を出た人はいませんでした。

伊藤　工業高校を出られて、日産自動車だったんですね。

高野　ええ。就職試験は、大阪の住友金属と横浜の日産自動車の二つ受けたんですけれども、第一志望は住友金属でした。こちらのほうが大阪で近いし、松山の高校を出て関東まで出る人は少ないんですね。

伊藤　九州、四国は、だいたい関西の希望が多いですね。

高野　やはり八割か九割が関西か地元です。どちらを先に受けたかは忘れましたけれども、結果は、住友金属は落ちて日産自動車に合格したんです。だからしようがないから、しようがないと言ったら日産の人に怒られるけれども。(笑)

住友金属のほうが近いし、初任給もよかったんですね。日産ってわりに安月給なんですよね。いまは知りませんけれども。それではるばると横浜まで出て行って、独身寮に入って、一年ちょっと勤めました。

伊藤　そのときのことを高野さんは、「現代短歌雁六号」の自筆年譜に「巨大な会社組織の中に埋没して働くうちに、漠たる不安がきざす」と書いておられる。

高野　そうですね。こんなところで一生を地味に、こつこつと生きて過ごすのかと思って、なんとなくもったいないような気がしたんです。

何か多少勉強しようという気持ちはあったんでしょうね。入社して間もなく、たぶん秋ぐらいでしょうけれども、同じ寮に横浜国立大学の夜間の工学部に行っている人がいて、昼間は日産に勤めて、夜は大学へ行くのですが、自分もそこへ入ろうと思った。

それで受験勉強をして、合格したので、日産に入って一年が経った四月から通いました。だけど工学部の授業は難しくて、数学がついていけなくなったんです。なんか行列式とかいうのが出てきて、もうどんなものだったかも忘れましたが、これがぜんぜんわからない。これはあかんと思って、ひと月かふた月で辞めました。ふた月ぐらいは行ったかもしれないけれども。

そのときに、とにかく白紙に戻して何かやってみようということで、とりあえず会社を辞めて、受験勉強をして、どこかの大学へ入ろうと思い立ちました。

伊藤　東京教育大学に入ろうという決心ではなくて、とにかくゼロにして、もう一回、自分で何かやろうという。

高野　そうですね。日産を辞めたのは入社した次の年の八月ごろで、上京して文京区に下宿して、受験までの半年ぐらいの間は猛烈に受験勉強をしました。

伊藤　東京教育大学はいまの筑波大学ですが、入るのが非常に難しい大学ですよね。

高野　そのころは、受験勉強のなかで、まだ理系の勉強もしたんです。数学ができるようになれば、理系に行こうという気持ちはまだありましたが、受験勉強をしてみて、やはりダメ。数Ⅱまでは大丈夫だったんですが、数Ⅲになるとダメで、もうこっち方面はできないなと思って、あきらめて文系にしました。

伊藤　では、理系の方向もあったわけですね。僕なんかは高野さんの年譜を見て、文学をやるための受験勉強かと思っていましたが、そうではなかったんですね。

高野　ないですね。ただただ、どこかの大学へとりあえず入ろうという気持ちでした。理系でも文系でもいい。むしろ、とりあえずは理系を目指したのですが、理系ができないというのが自分でわかったので、やめて文系に入った。だから教育大学に入ったとき、何をやるかはぜんぜん決まっていない。目標なし。

伊藤　高野さんはそのときにリセットされたわけですが、のちに河出書房を辞められるときも、結果的には青山学院に勤められることになりましたが、青山学院の話がないときにリセットされたわけでしょう。

高野　ええ。何か目標を立てて進むということが、あまりないんですね。ひょいと辞める、ひょいと方向転換するとか、将来のことを深く考えたことは一度もありません。軽々しく、すぐにあっちへ行ったり、こっちへ行ったりはしないんですが、とりあえずいまと違う方向へ行くというのを、わりに気楽に、あまり悩まないで決めたりします。

伊藤　それが愛媛県の気質ですか？

高野　愛媛の人はそうなのかもしれませんね、もしかすると。愛媛の人は、あまり高いところを望まないんですよ。ほどほどでいいというのが特徴で、深刻に考えたりしない。(笑)

伊藤　そういえば正岡子規という人も、病状でも生きていくすごい力というのは、愛媛県の人の特徴でしょうか。

高野　いや、愛媛のなかでも、ちょっと特殊なんじゃないですか。

伊藤　そうですか。「大切なのは平気で死ぬことではなく、平気で生きていることである」という、子規の有名な言葉がありますけれども。

子規なんかはどうですか、大変お好きで読まれたりはされたんですか。

高野　あまり読んだことはないです。僕の行っていた松山工業高校から、歩いて二分足らずのところに子規堂という建物がありました。いまの子規記念館ではないんですが、子規記念館がないころは、子規関係の建物というと子規堂だけだったんです。

子規堂は、正宗寺というお寺の境内の一画にあって、その中に、子規が使っていた、ものを書くときの机や、「くれなゐの梅ちるなべに故郷《ふるさと》につくしつみにし春し思ほゆ」という掛け軸など、いくつかの遺品や書いたものがあったので、それはときどき見に行ったんです。

もちろん、子規という人が松山出身の偉い人というのは知っていましたけれども、まともに読むようになったのは、ずっと後になってからですね。

伊藤　でもスポーツが得意なところとかは、高野さんと共通するところが。

高野　べつに得意というほどではないんですが、多少、好きということですね。いまでもテレビでいろいろなスポーツは観ています。

▼短歌総合誌より先に俳句総合誌デビュー

伊藤　それで大学に入られて、大学時代に短歌を本格的にされるようになったわけですよね？

高野　そうですね。短歌を作りはじめたのは、一年生か二年生かよく覚えていないんですが、大学のなかに購買会みたいなのがありまして、学生に文房具とかノートなどを安く売っていて、そこに本もありました。そのなかに、『文芸読本石川啄木』という河出書房から出ている本がありまして。

伊藤　ありましたね。

高野　それを買いました。あとで河出書房に入社するんですが…。

伊藤　いまでも『文芸読本』って貴重ですね。『与謝野晶子』とかありましたけれども、あれは非常に便利ですよね。

高野　『文芸読本』も一期、二期と続いてきて、少しスタイルが変わったところもありますけれども、一番最初の『文芸読本』なんですよ。担当した人は藤田三男という人で、河出書房に入ったら、その人が僕の上司になって。

伊藤　それは縁でしたね。（笑）

高野　それを買って読みはじめたら、非常におもしろかったんですね。いまでもその本は持っていて、なぜか当時、よくない癖なんですけれども、万年筆で丸をつけているんです。だから消えなくてよくないんですが、とにかく熱心に読んだみたいで。

啄木の歌を読むと、特に若いときはいいなって思いますよね。それでつくりたくなりますよね。なんとなくああいうセンチメンタルな歌をつくって、自分でいい気分になっていたりして、それが何カ月か続きました。

それ以前は、中学校時代に二首つくっただけ。でも、ほんの少し詩を読みました。たぶん高校時代かなと思うんですけれども、どこかの図書館で与謝野晶子の「君死にたまふこと勿れ」という長い詩を読んで、気に入って一所懸命に暗唱していました。どこで読んだのか思い出せないのですが。それと宮沢賢治の「雨ニモマケズ」。

この二編の詩が気に入って、二つともやや長くて全部覚えるのはひと苦労しましたけれども、一所懸命に覚えて暗唱していました。ただ、それはそれっきりなんですけれども。そして大学に入って『石川啄木』を読んで、それからは短歌がおもしろいなと思って。

伊藤　「般若心経」も身体のなかに入っていて、「君死にたまふこと勿れ」が入って、「雨ニモマケズ」が入って。

高野　でも、ほんのちょっとしか入っていないです。もっとたくさん入っている人が、たくさんいたでしょうけれども、その程度しかないですね。

『文芸読本』を読んだのは、やはり大学一年生のときですね。同じクラスの人が、四、五人で集まって「万葉を読む会」とかをつくっていたので、僕も短歌研究会をつくろうと思いました。学校に届出をしたり、部活の費用をもらうとかは無関係で、ただつくるだけで、同級生四、五人という程度の会です。上級生もあとで参加しましたけれどもね。
それをつくったのは二年生になってからかもしれませんが、二年生、三年生、四年生と、その短歌会を毎月やっていました。最初は集まって歌をつくり、ガリ版で誰かが切って、お互いに批評するだけでしたが、そのうちに僕が、我々だけではなく先生に見てもらおうと言いました。
国文科に、峯村文人という新古今和歌集の研究をなさっている先生がいて、まだ生きていらっしゃると思いますけれども。その先生のところへ行って、「短歌会をやっているんですけれども、批評していただけないでしょうか」と言うと、「ああ、いいよ」と。どの程度行ったかは、よく覚えていないですが、月に何回か先生の研究室へ行って、我々四、五人がその中に入って、お互いに批評したり、最後に先生の批評をいただくというかたちだったと思うのですが、それをしばらく続けていました。

そんなことをやりながら、さらに意欲が湧いて僕は短歌を朝日歌壇に投稿したんです。それが昭和三十八年の何月だったか、新聞にはじめて短歌が載った。二年生のときだったと思います。最初に採って下さったのは五島美代子さんでした。

掲載されると賞品がくるんですよ。何だと思いますか?

伊藤　はがき。

高野　はがきなんですよ。

伊藤　というのは、そのころ僕はまだ短歌をつくっていなかったのですが、僕の友だちで、朝日新聞の投稿に熱心なのがいて、なかなか載らないんですよ。それではじめて掲載されたときに、はがきが来たとか、たしか。そのはがきで、また投稿せよという。（笑）

高野　はがきが五枚ぐらい来た。それでせっせと、また投稿して。

伊藤　高野さんは、今度朝日歌壇の選もやられていますが、いまよりもあの時代は、短歌を出された方がもっと多かったんじゃないですか。どんなでしょうか。朝日歌壇に載るのは、そうとうの激戦だったんですよ。

高野　僕がはじめて載ったのが昭和三十八年で、昭和三十九年まで一年二、三カ月ぐらい投稿を続けていましたけれども、「コスモス」に入ったのでやめました。そのあとは、宮先生の手伝いで朝日歌壇に行っていましたので、当時のはがきの山は見ているんです。

ただ、いまとどちらが多いかは、並べ方が違うのでよくわからないですね。いまは高く積んでいますが、昔はそんなに高く積まないで、小さな山がいくつかありました。

伊藤　では、いまも変わらず多いんですね。

高野　多いですね。

伊藤　僕の友だちは、ともかく載らない、載らないと言って、宝くじを買うような。そして載ったらすごく大喜びして、一生に一回載ればいいんだと言っていました。

それで自分は満足だというぐらいに、なかなか載らない。載ったらすごく大喜びしていましたけどね。僕はまだ短歌をつくる前ですが、大変なんだなと思っていました。

高野　それで毎週投稿して、いまもスクラップ帳はありますけれども、そのころは本名の日賀志康彦で出ています。たぶん平均すると、ひと月に一回ぐらい載っていた感じですかね。

伊藤　やはり宮柊二選が多かったわけですか?

高野　そうじゃないんです。五島美代子選。(笑)一番最初が五島美代子選でしたが、そのうち宮先生にもとられて、近藤芳美さんにとられるのが一番少なかったですね。五島さんが回数としては一番多かった。

ただ、強く印象に残っているのは宮先生にとられた歌で、「青春はみづきの下をかよふ風あるいは遠い線路のかがやき」というのがあります。

伊藤　『水木』のタイトルにもなっている。

高野　これは、短歌研究会で歌を作るだけでなく、自主的にいろいろな歌人の作品も読んで勉強しているうちに、いままでの短歌と少し違うものをつくろうという気持ちになって、それでつくった歌なんです。それを宮先生がとってくださったのは、非常にうれしくて、印象に残っていますね。

伊藤　これは本当にいい歌ですよね。

高野　それまで詠んでいた近代短歌とはちょっと違うような感じで、そういう歌を思い切ってつくってみたら、宮先生がとってくださったんです。うれしかったですね。

伊藤　そのときに、宮柊二先生の「コスモス」に入ろうという決心が…。

高野　いえ、まだ、どこかの結社に入るという考えはなかったです。結社に入るというのは、もっと専門家の人がやることだと、なんとなく思っていたんですね。あまり実体を知らなかったので。だから一年あまり新聞に投稿を続けていたんです。

伊藤　この年譜によると、俳句も。

高野　ああ、そうです。やっていました。

伊藤　そうとう俳句を熱心にされていて

また、いい句があるんですよね。

高野　俳句はちょっと前衛的なんです。なにせ、金子兜太ふうの俳句が全盛の時代でしたからね。

伊藤　あのころは全盛時代ですよね。

高野　前衛俳句が盛んな時代でしたから。

伊藤　印象に残っている高野さんの句は、

「貝ひらく過去るり色に輝かし」

とか、なかなかいい句ですよね。

このころは学生がデモをしている時代で、

「シュプレヒコール金網へ赤きのどをあけ」

と、まさに金子兜太的、現代的な。

高野　恥ずかしいな。

伊藤　ひょっとしたら、そのまま俳句にいく可能性もあったわけですか。

高野　短歌会をやっていて二年生になったときに、一学年下の内野修という友だちが短歌研究会に参加していて、あまり歌はつくっていないのですが、熱心に出席していたんです。彼自身は俳句をつくっていて、我々は彼に引っ張られて俳句もつくるようになり、そのころは同時に両方をやっていた。

伊藤　これは正岡子規とまったくいっしょですね。

高野　内野くんに誘われて「海程」に入って、金子兜太さんにもお会いしたことがあるんです。一泊句会というのがあって、宇都宮の大谷石を見に行ったりして、そこでの句会に一度参加したことがあります。一年あまり短歌と俳句の両方をやっていました。

短歌のほうでは、「コスモス」に入る前は無所属で、ただ朝日歌壇に歌が載っていただけでしたが、「コスモス」に入ってから、一時はダブって「海程」に入っていました。

「海程」に入ると、「俳句研究」の時評を書いていた堀井春一郎という俳人が、「海程」に載った僕の句をいい句だと言って取り上げてくださって、そのあと「俳句研究」から作品の依頼がきて。

伊藤　それでは、角川の「短歌」からくるより早く、「俳句研究」から依頼が。

高野　はるかに早く、俳句作者としてデビューをした。(笑)

伊藤　そのときの名前は。

高野　俳句は全部、日賀志康彦で書いていました。「俳句研究」に載ったのは十句ぐらいですけれども。

伊藤　それは何歳のとき。

高野　昭和四十年ぐらいだったと思います。とにかく短歌の雑誌に作品が出るより前なんですよ。

伊藤　では二十四歳ですね。若き俳句作家がそこで誕生したわけですが、だんだん俳句からは遠ざかられて。

高野　そうですね。やはり実際は、短歌と俳句を両方やるのが難しいんですよね。頭の切り替えが難しい。正岡子規も両方やっていますけれども、ある時期は俳句に重点があり、ある時期は短歌に重点があった。両方とも同じ比重ではやっていないんですね。

伊藤　たぶん、両方をやっているほかの人もそうでしょうね。

高野　両方を均等にというのは、なかなか難しいですね。短歌と俳句では、頭の働きが違いますからね。短歌をつくって、次の日に俳句をつくるというのは、なかなかできない。だから俳句は単なる読者になってしまいました。

伊藤　でも、俳句は一種の見立てということがすごく盛んですけれども、やはり高野さんの短歌のなかには、俳句的な鋭い鮮やかな切り取りのような見立てが、たくさんありますよね、比喩となって表れたものが。

高野　俳句は、俳句研究会で俳句をつくるのと同時に、中村草田男や加藤楸邨などの作品も読むようにしたんです。もちろん歌人の作品も読んでいましたけれども、そのころから俳人の作品も読みはじめて、俳句をつくるのをやめても、読むのはずっと続けていました。俳句は短歌をつくるのに役に立つと思います。

▼お風呂、電話付きのマンションに住み込み

伊藤　それで宮先生を訪ねられて、「コスモス」に入会された。

高野　そうですね。昭和三十九年の八月か九月に宮先生のおうちを訪ねました。昭和三十八年から朝日歌壇に投稿しはじめて、一年ちょっと経ってから宮先生のところに行ったわけです。

伊藤　これは宮先生にお手紙を出されて、あるいは宮先生のほうから遊びに来ないかという。

高野　電報がきたんです。

伊藤　宮柊二先生から？

高野　「オデンワ、クダサレタシ　ミヤシュウジ」と書いてあって、そのあとに電話番号が書いてありましてね。僕は学生で夏休みのときでした。

伊藤　びっくりされて。

高野　ミヤシュウジというのは宮柊二先生だと思って、何の用なんだろうと思いながら、恐る恐る電話をしたら、ちょっと頼みたいことがあるんだけど、よかったらうちに来てくれませんかということで、すぐ翌日に行きました。

伊藤　それはとにかくもう、高野さんとしてはうれしくて。だって選者の宮先生ですから。

高野　ただ、用件がわからないんですよ。僕も電話であがっていたし…。とにかく、よかったらうちに来ませんかというような感じだった。

それで、なんだろうという気持ちで行ったら、「コスモス」という雑誌があるというのはかろうじて知っていたのですが、宮先生がおっしゃるには自分のうちが「コスモス」の編集所なんだけれども、大田区の大森に編集分室があって、そこで月に一回の編集会と校正をやっているというんです。校正は、初校と再校を合わせて五、六日ぐらいですね。

その編集分室は、五階建マンションの五階の一室で、普通は人が住むような、

わりにゆったりした広さだったんですが、そこには人がいないので、「君がそこに泊まり込んでくれないか」と言われた。その泊まり込みがアルバイトだったんですね。もちろん家賃はいらないし、編集会とか校正のときに、何かちょっと手伝ってくれればいいということでした。あとは自由に使っていいということで、お風呂付き、電話付きなんですよ。

伊藤 すごい。その時代の学生からしたら、すごいですよね。

高野 ええ。当時はマンションと言ったら、ちょっと金持ちの住むところというイメージですからね。そのマンションの持ち主は「コスモス」の会員の方で、宮先生のために一室提供したんです。宮先生の書斎として提供したんですけれども、宮先生がそれを「コスモス」の編集分室にしたんです。

僕は早速そこへ転がり込みました。けれども宮先生から「コスモス」に入れとは言われていないんです。

しかし、編集部の手伝いをするんだから、どうせなら「コスモス」に入ろうと思い立ちました。

そのころは歌が好きでおもしろくなっていたから、なんとなくどこかへ入りたいけれども、まだ僕は結社に入るような人間ではないんじゃないかと、ちょっと臆病というか、短歌の結社とか雑誌というのは遠いものだと思っていたんです。

それで宮先生のところに伺った時、これが最近の雑誌だと「コスモス」をくださったんです。うちへ帰ってからそれを見て、ああ、ここに入ろうと思った。

伊藤 でも宮柊二その人は、「コスモス」に入るようにということは言われなかった、雑誌はくださったけれども。

高野 ええ、入れとは言わないです。

伊藤 普通なら、君は「コスモス」に入って、ここに泊まり込んでくれと言いそうになりますけれども。

高野 入れとは言わないで、アルバイトで泊まり込んでくれと。いずれ自然に入るだろうと思っていらっしゃったのかなと思いますけれども。(笑)

伊藤 なるほど。それが、高野さんのその後に大きな影響を与えるわけですね。「コスモス」のなかで。

高野 だから一挙に、短歌雑誌の一番中心部分に入り込んだ感じでした。

そのマンションに昭和三十九年から卒業するまでの三年間ぐらい住んでいたと思います。そのあいだは編集の手伝いをして、いわゆる割り付けとか何とか、雑誌編集のあらかたを教わった。

伊藤 それは、出版社に勤めようということにも関係してきたわけですか。

高野 それが役に立ったんです。

伊藤 会社に入られてからね。

高野 出版社に入るために手伝ったわけではないんですが、結果として役に立ちました。毎月、編集会のときに手伝っていると、割り付けとか、活字指定とか、自然に覚えちゃうわけです。写真の拡大とか縮小とか、いろいろなことを勉強して、校正も多少はできる。プロほどではないですけれども、準プロですね。
だから結果として河出書房に就職したら、翌日からきちんと仕事ができるという状態でした。

伊藤 それで「コスモス」に入って、たちまち注目すべき時代を担う新人として。

高野 いや、そんなこともないでしょう。じわじわという感じじゃないですか。僕は、いつもじわじわなんですよね。わりにゆっくりというか、ぱあっと目立つというタイプではない。作品もそうですし、自分の生き方としても、ゆっくりじわじわが好きなんです。

伊藤 ゆっくりじわじわ確実に。

高野 愛媛の人で共通しているのは、なんでも普通がいいということじゃないでしょうかね。
むしろ、偉くなるとか目立つというのは嫌うんですね。普通が一番いいという。どん底はもちろんいやなんだけど、普通が最高という考えなんです。だから愛媛は偉い人がなかなか出てこない。

伊藤 いやいや、正岡子規から大江健三郎まで。

高野 うん、その二人しかいない。

伊藤 そうですか？

高野 瀬戸内海の近辺で総理大臣が出ていない県は、愛媛県だけです。これが特徴ですね。

伊藤 普通を目指すというか、普通がいいという…。

高野 香川県は大平正芳、徳島県は三木武夫、土佐は吉田茂、広島は…。

伊藤 宮澤喜一。

高野 池田勇人が広島か岡山ですね。山口が、岸信介とか佐藤栄作で。

伊藤 山口はたくさんいますよね。

高野 山陰にも竹下登がいて、あのへんはぞろぞろ総理大臣が出ているのに、愛媛だけ空白。総理大臣どころか著名な大蔵大臣とか、大臣のなかで重要な大臣もいない。なんか下のほうの経済企画庁長官とか（笑）せいぜいそれぐらいが最高で、偉い人がいない。
だからむしろ正岡子規とか大江健三郎は、伊予の人間としては例外的な人材だという感じですね。俳人は偉い人が出ていますけれども。

伊藤 そうですね。子規山脈で、虚子だとか碧梧桐だとか。

高野 そうですね。すべて子規がいたからですよね。子規のつながりで虚子が出て、それから草田男とか石田波郷など、みんな子規の系列なんです。やはり子規がいたからであって、それだけ子規がすごかったということですよね。富澤赤黄男は子規系ではありませんが…。

▼君の名前はこれにしたよ

伊藤 本名は日賀志さんで、高野公彦というペンネームは宮先生がつけられたわけですか。

高野 そうなんですよ。僕は朝日歌壇に日賀志康彦という本名で出していて、「コスモス」へ入った時も、最初の詠草に日賀志康彦という名前で出したんです。するとと宮先生が、雑誌が出てからかな？「君の名前はこれにしたよ」と。

伊藤　もう決定ですか。

高野　僕は「ああ、そうですか」と、ただそう言っただけで、どういう意味なのかを聞きそびれました。なぜ「高野」という名前なんですかね。聞いておけばよかったと思います。

伊藤　自分としてはどうでしたか、もう決めたよと言われた「高野公彦」というのは。

高野　あれえ、というような感じですね。べつに違和感というか、抵抗はないんですけれども。

伊藤　僕もなかなかいいなと思いますね、「高野公彦」って。

高野　「日賀志」という名前もちょっと変わっていておもしろいんですけれども、「高野公彦」という名前は、「きみ」とか「ひこ」とか「たかの」もそうなんですが、なんとなくいいイメージがあるみたいです。歌を読んで、この作者が「高野公彦」だというと、ちょっと男前の青年みたいなイメージが浮かんでいたらしくて、得をしましたね。

國學院短歌の人たちが、大学の学園祭のために原稿を書いてほしいと頼みにきたことがあるんです。國學院短歌の学生、男女合わせて四、五人という感じでしょうか。

それで、喫茶店で会ったときに「高野です」と言うと、ちょっと戸惑った顔をして、話しているうちに「高野公彦という名前はよすぎる」と言うんです。「そう。じゃあどうすればいいの？」と訊ねると、「高野は仕方がないとして、高野熊五郎」と。(笑)

ずいぶん失礼なことを、女子学生が僕に向かって言っていました。もっとも、あれは冗談だったんでしょうけど。

牛山ゆう子さんとか、鎌倉千和さんとか、あの人たちがそのなかにいたと思います。たしか、あの世代ですね。もうちょっとあとかな？　影山一男くんの世代かもしれない。学生短歌がまだ盛んな時代でした。

伊藤　先ほど結社の話もされましたけれども、やはり結社のなかでは動けないところを勉強しようということで、「桟橋」の前に、最初が「グループ・ケイオス」で、そのあと「群青」。

高野　そうですね。

伊藤　「コスモス」におられるけれども、そういう同年代のものを中心に勉強したり、討論をしたり、雑誌を出したりということは、ずいぶん早くからやっておられるわけですよね。

高野　ええ。僕が昭和三十九年に「コスモス」に入ったときには、すでに「グループ・ケイオス」があったんですよ。

伊藤　では、これは高野さんがつくられたんじゃないんですね。

高野　ええ。これは奥村晃作さんがつくって、一時期、「コスモス」以外の若い人たちも巻き込んで大きな集団になってしまったらしいんです。それで、奥村さんが宮先生に怒られたんですね。ぺしゃんこにされたという。

そのあと奥村さんが自粛して、言ってみれば地下に潜っているような状況でしたね。雑誌は出さないで、細々と月に一回の歌会をやっていた程度でした。そのときに僕は「グループ・ケイオス」に入ったのですが、やはり若い人が集まっているので、楽しい。歌会に毎月出てゆきました。

そのうちに、歌会、作品の批評だけではなくて、評論活動もやったほうがいいのではないかと思ったんです。「コスモス」では書く機会がない。いまなら若い人が何か書きたいと言うと、すぐに書かせてくれると思いますけれども、昔はそんなことはないので。

それで奥村さんと相談して、「グループ・ケイオス」に集まっている人たちと、「ケイオス通信」という名前でガリ版刷りの雑誌を出し始めました。そこに白秋の作品の合評とか、宮柊二の作品の合評などを毎号載せて。

伊藤 いまの「桟橋」まで続いているのですよね。

高野 それに応じて、たとえば白秋の短歌合評を十回やると、終わりに誰かが白秋論を書く。毎号ではないけれども、ときどき誰かが歌人論とか、短歌論を書くというかたちで、それを熱心にやっていた。これは地道な仕事ですから、宮先生も怒らないで、注目して下さったようです。

伊藤 奨励されて。

高野 奨励と言うんですかね、いいことをやっているな―と認めて下さったんでしょう。「グループ・ケイオス」は団体ですけれども、「桐の花賞」をもらったんです。

伊藤 それはめずらしいですね。

高野 「桐の花賞」という新人に与える賞の第一回目が柏崎驍二さんで、第二回が誰かで、第三回目ぐらいにもらいました。

「群青」を創刊したのは、「グループ・ケイオス」を長くやったあと、もう少し少数精鋭にしようという考えになったのかな。

伊藤 あれは四人でしたね。

高野 「群青」は四人という限定で、号数も十号と限定して。

伊藤 ガリ版刷りのね。

高野 十号を出したら廃刊にするというので出発して、おしまいのほうは遅れ気味になって、九号までしか出ていないんです。

伊藤 でしたかね。

高野 出ていないけれども、十号まで出したら終わりにするということにしていたので、なんとなく十号は出さないで終わりました。

僕らが「群青」をやっているころに、「コスモス」の内部で、影山一男や、宮里信輝、桑原正紀というような、僕らより五歳から十歳ぐらい歳下の弟世代の人たちが、ときどき集まって勉強会をやっていたらしいんです。彼らに対して僕は以前から、君たち何かやりなさいと言っていたんですが、彼らは意外におとなしいので、それ以上のことをやらない。

それで僕らは「群青」が終わったので、彼らといっしょに雑誌を出そうということになりました。僕はいっしょにやるけれども、あくまでもこの雑誌の性格は、戦後生まれの人たちが勉強する場所で、僕はそれを手伝うのだといった気持でした。こちらも若い人といっしょに勉強するといい刺激を受けるから、大きなプラスになる。それで「桟橋」をはじめたんです。最初は二十五人か二十六人だったと思います。

伊藤 もういまは何人ですか。

高野 いまは八十人ぐらい。

途中からはガリ版の原紙がなくなったんです。原紙の生産はずっと前に中止になっているんですけれども、ガリ版をやる人が買い貯めておいたから、何年も持続できたんです。それでも、もう紙がありませんというので、しようがなしに活版のほうに変わりました。

「桟橋」でこういうふうに活動していると、若い人で意欲的な人をほったらかしにするとかわいそうという気持ちになりまして、もしかすると入りたいかもしれないのに、つても何もないから、噂だけを聞いて残念に思っている人がいるかもしれないということで、歳が若い人と直接会うことがあったときには、わりに誘うようにしました。その結果、人数も自然に増えてきました。

伊藤 若い人はうれしいですよね。結社のなかで月に何首か送って何首かが載るだけで、地方にいてあまり交流がなかったりすると、そのまま辞めてしまう人が出てきますよね。

仲間がいたり、作品の評を受ける機会が直接出てくると、すごく大きな刺激ですね。僕らの二十歳代を考えても、若いときってそういう仲間がほしいですよね。

高野 そうですね。雑誌が出るたびに批評会をやりますけれども、遠いところに住んでいると、あまり出てこられない人もいるんです。でも、「桟橋」というグループの中には、いい作品をつくる人がいるので、そこに混ざっていくことで、前より熱心に、一所懸命につくるようになってレベルアップはしますね。中には変化しない人もいますけれども。

それから、「コスモス」は十首を出しても三首とか四首しか載らないので、四〇〇首や五〇〇首ぐらいの歌集を一冊出すのに、十年とか十五年かかる。毎月四首載ったとしても、一年間に五十首ぐらい、十年やっても五〇〇首で、そこから四〇〇首なんて選べないから、六〇〇首や七〇〇首となると十五年ぐらいかかる。昔の人はそうやっていましたけれども。でも「桟橋」に参加すると、選歌なしで、つくった歌がそのまま載りますから、どんどん歌が増える。

伊藤 しかも年に四回出ますからね。

高野　その結果、歌集を出す人が急速に増えて。（笑）

だから、中身の質は平均すると少し落ちたかもしれないけれども、中身の善し悪しは別にして、一所懸命にやれば歌集をいつでも出せるという点がいい。

伊藤　そして雑誌に出すのももちろん大事ですけれども、歌集として一冊、自分の世界をつくるということがとても大事ですよね。

この情報化時代に、いろんな雑誌をみんな見るというのは不可能ですから、その人の世界は一冊の本にして見せていただくと、読者もありがたいですよね。

高野　断片的に読んでいたんでは、その人の全体がよくわからないですから、歌集が出るといいですね。

伊藤　それにしても、定期刊行はすごいですよね。

高野　ほんと、これはすごいです。自画自賛ですが。（笑）

伊藤　しかも年四回ってなかなか。結社誌は別として、こういう何人かの仲間でやる雑誌で定期刊行というのは。

高野　めずらしいですよね。二十年で八十冊出ました。

伊藤　二十年で八十冊の定期刊行！

高野　一度も遅れていないんです。五日ぐらいのズレはあるんですけれども、だいたい、出る月の二十日前後に雑誌が出ています。これは影山くんがしっかりやってくれているからです。彼は仕事が早いので。

伊藤　牧水などは雑誌への情熱はあっても、雑誌が遅れたり、雑誌から離れたり、潰したりね。白秋もそうだと、「桟橋」はその点すごいですね。

高野　白秋はどういう状態で出したのか知りませんけれども、「朱欒《ざんぼあ》」とか「屋上庭園」とか、「多磨」以前に出した雑誌がなかなか長続きしない。「多磨」のときには、お弟子さんのなかに編集専門の人がいたんじゃないかと思います。だから「多磨」になって、わりに定期的に出るようになった。

「コスモス」をはじめたときの宮柊二の立てた目標はすごいんですよ。毎月十七日に会員の机の上に来月の号が乗るというものです。

伊藤　「コスモス」はいまでも一番早いですもんね。翌月号が、前の月の半ばぐらいにくる。あれだけの雑誌がね。

高野　ぴたりと十七日でした。これだけは絶対に守るということで、僕らは編集部の人間として何度も何度も言われて、実行していました。

それを実行するために宮先生は、会員が千人ぐらいいたころに、一人で選歌をしていましたが、一人が十首出しても一万首で、二日徹夜です。選歌が遅れると雑誌が遅れますから、宮先生も人に言うだけではなくて、きちんと自分でやるわけです。

二日徹夜して選歌の終わった原稿を、宮先生のお宅から編集分室まで運ぶんですが、僕はそこへいつも迎えに行っていました。すると、宮先生は目の縁が黒くなっているんですよ。二日徹夜すると隈取りができるんですね。そんなことをなさるから病気になって、比較的早く亡くなったんですよね。宮先生の命を縮めたのは、一にお酒、二に選歌ですね。
　毎月十七日にぴたりと雑誌が届く。それは早くも遅くもないんです。十七日に絶対に届くようにということで、編集部員には、がみがみおっしゃるし、印刷所や製本所に対しても絶対にそれを守ってくれと、ものすごく厳しかったですね。
　そのあと「コスモス」は、いろんな都合で十七日より少し早まったんですけれども、遅れることはない。
　「棧橋」も、きちんと出すという考えは宮先生から影響を受けていますから、定期的に出ています。でも僕だけだったら、そうしようと思っていても遅れていただろうと思うのですが、影山くんがものすごい早さで、ぱっぱ、ぱっぱと仕事をやってくれる。それで助かっています。

　けれども実際のところ、同人の人たちがみんな原稿の締め切りを守っているわけじゃないんです。守らない者がいるんですよ。

伊藤　それはどうされるんですか。

高野　しようがないから、あとから突っ込んで入れたり。

伊藤　あれは出したいときに出すんじゃなくて、みんな毎号出すわけでしょう。

高野　ええ。題詠やアンケートなど、毎回変えていますし、巻頭作品の顔ぶれも変わりますから、「棧橋」の場合、依頼状を毎回一人ずつに出しています。

伊藤　「棧橋」の同人であっても依頼状は出されるんですか。

高野　出してます。創刊号からいまの八十号まで、全て依頼状は僕のところから発送してきたんですよ。

伊藤　高野さんから来たとなると、遅れるわけにいかないと同人たちは思うんじゃあ…。

高野　それが平気で遅れる人がいる。毎回、同じ人。極端に遅い人が四、五人いるんですよ。いつもがみがみ言っているんですけれども、直らないですね。遅い人はずっと遅い。
　依頼状のなかには、「大幅に遅れた原稿は次の号に回すこともあります」と書いてあるので、本人には連絡しないで、平気で次号回しにするということもあります。だけど季刊だから、遅れてもなんとか入っちゃうんで、彼らは反省しないんですよ。

伊藤　そういう結社誌以外で、定期的に刊行されている雑誌って、いまは本当に少ないですよね。

高野　同人誌自体が少ないですね。結社誌のなかに同人誌的な集まりで、選のないのもあるでしょうけれども、外部から見ていると、そのへんがよくわからないですが、同人誌と言っていいものは、前よりずっと少なくなっていますね。
　出し方もよくわからないですよね。毎月というのならわかるけど、季刊雑誌とか、年に二回となると、遅れているんだか、遅れていないんだかよくわからない。年に四回出して、二十年間一度も遅れないというのはめずらしいでしょうね。

伊藤　本当にそうですよね。

高野　締め切りに遅れる人がいたりとか、面倒くさいこともあるんですけれども、まあ楽しくやっています。僕は雑誌には遊びというか、楽しくという要素が大事だと思うので、「桟橋」もおもしろいページを最初からつくろうと思って工夫しています。

伊藤　今回の八十号でしたら「人生最大の赤面シーン」とか、こういうアンケートをね。

高野　アンケートでおもしろいページをつくろうということで、創刊号からしていました。

伊藤　毎号ですものね。これと題詠が柱になってますね。

高野　外部の人はアンケートを楽しみにしているようです。作品はまあいいやという感じで、アンケートだけを読むという。（笑）あとは巻頭の作品で、二十四首とか四十八首とか。

伊藤　これはやはり、「桟橋」の若い人にとって大きなものでしょうね。

高野　本人にとってはいい経験になると思います。そのなかにはいい作品が含まれていることが多いし、歌集を出すときのひとつの大事な部分になっていく。

　七十二首というのをときたまやっていますけれども、これはつくるのが大変ですね。

伊藤　でも七十首ぐらいつくると、次に三十首の依頼がきても、三十首ならなんとかできそうだと思う。数多くつくると、それより少ないのが楽になりますよね。ところが五十首とかつくったことがないと、二十首でもふうふうという感じがしますね。

高野　そうですよね。ほんとうに三十首なんて大変だな、なんて昔は思っていたけれども、僕も七十二首を一度やって、そうすると三十首ぐらいはまだまだ大丈夫だと。

伊藤　そういう気になりますよね。

高野　いい経験ですよね。七十首もつくると、作品はちょっと平均値が下がりますけれども。でも、いい経験ですよね。

▼自選の第一歌集

伊藤　短歌より先に「俳句研究」から依頼が来たということですが、短歌の総合誌に最初に出されたのはいつですか。そのころは角川の「短歌」がメインでしたが。

高野　あれはいつかな。スクラップ帳を見ればわかるんですけれども。

伊藤　僕なんかがつくりはじめたころには、高野さんは総合誌に出ていましたから。

高野　たぶん昭和四十一年ぐらいじゃないかと思うのですが。

伊藤　そのころでしょうね。

高野　一回目が十首ぐらいという感じかな。「郷里時間」という作品だったと思

います。

伊藤　三十首ぐらい出されたのもありましたよね。

高野　ええ。第一回目が「郷里時間」で十首ぐらいで、その次が「楕円思想」という題で三十首ぐらい。

伊藤　二・二六事件を下敷きにした。

高野　そうですね。これは作品として不完全な歌も混じっているんですが、なんとなく刺激的なところがあって、多少、時評なんかで取り上げてくださった人もありました。

伊藤　思い切った問題提起の作ですよね。あのころに高野さんぐらいの年齢で三十首というのは、高野さんが大きく認められていたということだと思いますね。

高野　そうですね。三十首というのは、いまのようにしょっちゅうはないですね。特に若い人の作品は。

伊藤　しかも総合誌がほとんど一誌の時代ですよね。いまみたいに五つも六つもある時代じゃないから。

高野　そうですね。「短歌研究」はあったけれども、あのころは今とは違って特殊な編集方針だったから、あまり若い人は載らない雑誌でした。

伊藤　そのころの僕らは、とにかく七首でも十首でも依頼がきたらすごく喜んで、年に一回か、二年に一回かを、みんな出していたわけですからね。

高野　もしかすると宮先生が、宮先生は何もおっしゃらないけれども、想像すると、あのころ角川の「短歌」の編集をしていたのが片山貞美さんで、ときどき片山さんは宮先生のところへ用事でいらっしゃっていましたから、雑談で、「コスモス」の若い人でいい人がいますか？　みたいな話が出て、高野というのがいるけれども、みたいなことをおっしゃったんじゃないかと思いますね。

伊藤　それはぜひ、こういういい歌をつくる若い人がいるからということでね。

高野　それで、どうせなら思い切った歌をつくろうと思いました。昭和四十二年だったと思うのですが、その年のはじめに、勤めていた河出書房の「文藝」という雑誌に、磯部浅一の手記が出たんです。それを読んで、すごいなと思った。

伊藤　それがきっかけだったわけですね。

高野　それは雑誌が出たときに読んだのですが、そのあとで、それとは無関係に依頼がきたときに、二・二六で歌をつくろうと思いました。二・二六を起こした青年将校の一人に成り代わるかたちで、歌を三十首つくったんです。あのころは、わりに連作をつくる人が多かった時代ですよね。

伊藤　多かったですね。その時代から第一歌集の『汽水の光』までというのは。『汽水の光』は三十代半ばぐらいですか。

高野　そうですね。

伊藤　その間、歌集を出そうとか…高野さんのその時代というのは、同年齢の人たちが、第一歌集をだんだんと出すようになってきた時代ですよね。そのころの高野さんは、歌集をまとめようというようなことを、まだ思っていらっしゃらなかったんですか?

高野　うん、ぜんぜん思わなかった。

伊藤　ぜんぜん。

高野　「楕円思想」というのをつくってから歌集を出すまでは、十年ぐらいあいだがありますね。

伊藤　そうでしょう。

高野　「コスモス」はけっこう古風な考えで、宮先生の考えは、白秋の考えを受け継いでいました。

白秋に限らないのですけれども、白秋の時代の歌人は、歌集というものは勝手に出すもんじゃなくて、師匠の許可を得て出すもんだと。かつ、何冊も出すのではなく、考え方としては、一生に歌集を一冊出せればいいんだと。自分から出したいなんて言い出すのはけしからんと、抑えつけているんですね。白秋の時代は、それに服従していたわけです。白秋が「よし、出しなさい」と言わないと、言い出すこともできなかったんですね。

伊藤　たぶん先生から、「君はそろそろ長い期間のものをまとめたら」と言われたら、「はい、ありがとうございます」と先生に見ていただいて。

高野　宮先生もその考えを受け継いでおられて、それほど厳密ではないと思うんですが、歌集はそんなに気軽に出すもんではなかった。宮先生のお眼鏡にかなったのは「コスモス」でいうと、葛原繁さんや、田谷鋭さん、島田修二さんなどで、そういう人の歌集が出ていました。

僕なんかも、最初からそういうもんなんだろうと思っていました。歌集を出すということは現実的な考えじゃないんです。自分で出すという気持ちはあまりなかったですが、ただ、伊藤さんたちのが先に歌集を出したでしょう。

伊藤　「反措定叢書」というシリーズですね。

高野　河野裕子さんの歌集も出て。

伊藤　出ました。「茱萸叢書」というのもありましたね。

高野　伊藤さんとか、永田和宏さんも同じころですよね。伊藤さんの歌集が昭和四十九年で、その次の年ぐらいに永田さんが出した。そのころに自分より若い人たちが出すようになって、自分たちの世代の人が出しているなということは、だんだん意識しはじめました。

でも、ぜひ自分は出したいと言うほど

の強い気持ちはなくて、ただ漫然と、かすかに自分の歌集ということを意識するようになっていましたが、まだまだもう少し先だろうなという感じでした。そうしたら、ちょうど秋山さんが。

伊藤　角川書店の秋山編集長。

高野　こういうシリーズをやりたいと思うんだけど、どうですかと声をかけられた。僕は運がよかったですよ。向こうが企画して、自費出版ではあるんですけれども、そういうシリーズがあると出しやすいわけです。

宮先生にご相談して、こういう企画があるので入りたい、シリーズのなかの一冊として出したいと言いましたら、それはいいだろうとお許しが出ました。そのあとで僕は勝手なことをして、宮先生に選歌をお願いしないで、大胆にも自選でやったんです。

なぜ見てもらおうとしなかったのかよくわからないんですが、いちいちお願いしてというのが面倒だなという感じがあったんですね。それに、多少は自分でやりたいという気持ちがあったのかもしれません。

やはり結社で、指導者が絶対的な力を持って、会員たちを支配しているという状態が好きではなかったんですね。だから多少は抵抗というか。宮先生は尊敬しているんですけれども、なんでも服従するというのには、ちょっと抵抗があったのかなと思うのですが。

歌集が出たあとで何か言われるかと思ったら、何も言われなかった。

伊藤　あのシリーズは「新鋭歌人叢書」でしたから、角川書店としては、第一歌集を出していない有力新鋭ということでメンバーが揃って。

高野　八人ですね。

伊藤　だから、高野さんもいい機会だったと言われたけれども、角川にとっても、高野さんが歌集を出さないでおられるというのは、非常によかったなと。あのシリーズに高野さんがいることが。で、大岡信さんが力を入れて解説を書かれて。

高野　本当に運がよかったですね。そういうシリーズを秋山さんが企画してくれたことと、大岡さんが解説まで引き受けてくださったのが不思議なんですけれども。

伊藤　そんなことないですよ。第一回の牧水賞の選考のときも、大岡さんは高野さんの作品を評価しておられましたから。

高野　そうですか。でも僕の作品を、当時はあまりご存じなかったんじゃないかと思うんです。だから、角川の依頼だから引き受けてくださったか、あるいは宮柊二さんのお弟子さんだから、まあいいんじゃないかということだったのかもしれませんね。特別、僕の歌をよく知っていて、積極的に評価するという感じではなかったと思うんですよ。

伊藤　でも、すごく読み込まれて、高野公彦論であると同時に現代短歌論になっていて、力編と言っていいような長文ですよね。

高野　ええ、すごく長いんですよ。十何ページあってね。
伊藤　僕らはこれで『汽水の光』を読むことができて、非常によかったですよね。
高野　『汽水の光』は影山くんに原稿を写すのを手伝ってもらったりしました。彼はもう「コスモス」に入っていて、あのときは何歳だったかな。『汽水の光』を出したのが昭和五十一年で、彼は昭和二十七年の生まれですから、二十四歳だったかな。
　歌集が出て、角川に受け取りに行ったその日、僕は彼といっしょにいたんです。思い出深いですね。歌集が出たときはやはりうれしいから、誰かといっしょに吞みたいですよね。そのときは彼といっしょに彼の家の近くの居酒屋へ行って二人で吞みました。これは忘れられないですね。やはり歌集が出たときは、最初ではなくても。
伊藤　うれしいですよね。
高野　誰かといっしょに一杯吞みたいという気持になりますね。
伊藤　開けるのがうれしいような、怖いような、本当に特別な気持ちを味わいますよね。
　『汽水の光』という非常にいい歌集が出て、その後もいい歌集をずっと出されていたけれども、歌集での受賞というのはなかったわけですよね。
高野　そうなんですよね。ぜんぜん賞に縁がないんです。
伊藤　おそらくいまの若い人たちは、高野さんが若いときから、いろいろな賞を受賞してきたように思っている人がいるかもしれないけれども、そうじゃなくて、本当に。
高野　そうですね。歌集ではぜんぜんなかったです。
伊藤　でも牧水賞にとっては、それがまことに幸運なことでありました。
　長い一生のなかで充実期に入る五十歳代の時期の歌集を顕彰しようと、宮崎県ではじまって、大岡信さん、岡野弘彦さん、馬場あき子さん、僕が選考委員になりました。
　賞というのは受賞者によって決まるじゃないですか。それで高野さんの『天泣』が出て、これに決まったことが、牧水賞のスタートになったわけです。
高野　まだ僕は、牧水賞というのを知らなかったんです。で、何月何日かは覚えていないですが、僕が家にいたら、伊藤さんから電話をいただいて。
伊藤　ああ、僕からかかったんですか。
高野　「牧水賞に決まったんですけれども、お受けいただけますか」みたいなことだったと思います。僕はそんな賞が出来たのかと思って、どんな賞かは知らないけれども、それはありがたいことだと思った。うれしかったですね。
伊藤　そうですか。そうおっしゃっていただくと僕もうれしいですね。
高野　あとから徐々に牧水賞の実体というかものが判明するんですが、とにかく牧水賞は宮崎県の行事なんですね。県単位の賞で、すごいなと思いました。
まず打ち合せの電話が来て、次の週ぐらいに県庁の人が二人みえました。
伊藤 そうでしょう。
高野 高林さんと、もう一人上役のかたです。
伊藤 佐伯課長かな?
高野 佐伯さんですね。そのお二人がみえて、これは大ごとだなと。牧水賞はすごく大きな規模ですね。
伊藤 そうですね。授賞式もだいたい七〇〇人ぐらいで、それだけ県民も楽しみにしています。このときには、まだ若山旅人さんがお元気で宮崎にみえて、「牧水賞をつくってくれてありがとう」と言われて、本当に喜んでおられた。
高野 授賞式も非常に大がかりだし、あのときはね、足がガクガク震えました。
伊藤 そうですか。そうは見えませんでした。(笑)
高野 いや本当に、どうしようという感じでしたね。壇上に座っているときは全身が震える感じでした。(笑)
伊藤 でも、高野さんのとてもにこやかな顔は印象的でしたけれども。
高野 いや、それはうわべだけなんですよ。内心は青ざめていました。

▼人生の転換期を詠む

伊藤 選考委員や運営委員の側からすると、第一回の受賞者は今後の賞を決める。
ご自分として『天泣』という歌集は、四十歳代終わりぐらいから五十歳代にかけての、ちょうど河出書房を辞められた時期にあたりますね。中年期終わりぐらいの時期の歌集になるんでしょうか。
高野 会社に勤めている時代の歌と、辞めようとしている退職前後の歌と、辞めてからの歌とが入っているので、人生の転換期を含んだ歌集でしたね。自分でも、感慨深いものがありますね。
伊藤 中年の歌と同時に、老いをどういうふうに迎えるかという歌ですよね。
高野 老いに近づく意識がありました。お酒や食べ物の歌が、このころから少しずつ増えたんじゃないですかね。わりに多いんですよ。
「新鋭歌人叢書」が出たころ、詩人の飯島耕一さんに、レース編みの歌人たちというようなことを言われました。
伊藤 内向派のうんぬんとか、レース編みうんぬんとか。
高野 たとえば、ものを食ったり、酒を呑んだりしているような歌がないじゃないかと言われたんです。
伊藤 それが印象に残っておられるわけですか。
高野 多少は意識しましたね。そういえば、ないかもしれないなと。でも、そのあとすぐに、そういう歌をつくりはじめたわけじゃなくて、記憶の片隅に残っていたという程度でした。そして中年になってから、あらためて酒がうまいとか、食いものがうまいというような気持ちになって、楽しいことを歌うことも積極的にやってみたいと思って、そういう歌が

増えましたね。

伊藤　そして、高野さんはこの時期前後から、読者を楽しませてくれる歌をつくり始められました。それこそ『汽水の光』は緊密な叙情の世界で、たしか大岡さんが解説のなかで、ほかに向かってあまり呼びかけない歌だというようなことをお書きでしたけれども、『天泣』の時期の歌というのは親しみがあって、読者を楽しませてくれる歌が多いですよね。

高野　僕は自分で楽しむという気持ちでつくったんですよ。結果、それが読者を楽しませるということになっているのかもしれませんが、いまだに読む人を意識することはあまりないんです。

伊藤　では、つくるときは自分が楽しむ感じですか。

高野　ええ。誰かに呼びかけるような気持ちというのも、そういえば稀薄ですね。あまり変わらないですね。

伊藤　高野さんのファンは歌壇の内外にたくさんいます。いろんな人が文章を書くときに、高野さんの歌をよく引いて書いていて、やはり楽しめるというのかな。厳しい現実を見つめておられるんだけど、歌われた世界というのは、こちらを和ませてくれる、ほっとさせてくれる歌だと思うんです。

高野　そう言っていただくとうれしいですけれども。

伊藤　高野さんが文語できちんとつくっておられたのが、ある時期から口語を盛んに用いたり、くだけた言い方をされたりで、最初は「ええ、高野さんはこういうところにいくのかな」と思ったのですが、あれは決意ではなく自然に。

高野　そうですね。とにかく楽しく、つくるときも少し楽しみながらつくるというような意識が、中年になって徐々に芽生えてきたという感じですね。

伊藤　やはり短歌に対する考え方や、歌人、あるいは歌壇も変わってきたということが背景にあると思うんです。

そのことへの最も早い取り組みのひとつが、僕は高野さんだろうと思います。まじめに苦しみや悩みを歌うという、近代短歌の「病気、貧困、絶望」というよ

普段の食や住まい、通勤などを歌うのも意味がないことではない（伊藤）

若いときだったら、なんかもの足りないような平凡に見えていた作品が、なかなかじっくりと味わいがあって…　（高野）

うなキーワードとは違って、短歌の別の面というのにだんだんなってきた。

先ほどの食もそうだと思うんですが、前衛短歌時代の、ある観念や思想などをどう歌うかという感じから、普段の食や住まい、通勤などを歌うのも意味がないことではないんだということで、僕自身もそうなんですが、歌自体が変わってきたなと思っています。

高野　重いものを短歌で求めなくてもいいんじゃないかという感じですね。少なくとも表面的には深刻な時代ではなくなって、豊かな時代になっているんで、いまさら貧乏の歌なんてあり得ないですよね。

伊藤　もうだいぶ前ですけれども、ある放送評論家が、アメリカのテレビドラマはコメディタッチで、非常に明るくて楽しくておもしろい。日本のドラマは、なんでそんなにめそめそしていて、暗かったり、何か問題を抱えていたりなんだと。

その放送評論家が書いていたのは、やはり日本人そのものが暗かったんだって。でもいまは、日本人そのものが明るくなっていい状況ではないかという。

高野　そうですよね。なんだかんだ言いながら国内に戦争もないし、徴兵制度もないし、貧困もない。ただ刹那的な殺人とか、たちの悪い詐欺とか、これはちょっと先鋭化しているのかなという感じがします。内面が変に狂っているというか、ゆがんでいる時代。いつでも、そうなのかもしれないけれども。

伊藤　特にいまは、マスコミが大々的に報道するということも、不安を煽っているような気がするんです。

高野　報道のやりすぎですよね。事件を誇張するというのか、これをおまえら達は知っているか、これでもか、これでもかと報道する。

被害者のことだって暴きたてるという感じで、そんなに事細かに報道しなくても、もう少し遠くから見守るという感じでいいと思います。なかにずかずかと入っていくというのは、ずいぶん無礼な感じがしますね。

伊藤　先ほどの日常生活のことと、牧水作品の新たな見直しみたいなところでは、牧水も日常生活を、ある意味では静かに淡々と歌っていて、あるいは旅先の自然なども、味わいを深く感じられる。そういう時期にきているんじゃないかと思うんです。

高野　伊藤さんもそうだろうと思いますけれども、若いときと違って、淡泊な味わいのある作品が、なんとなく好ましいという感じがしますね。若いときだったら、なんかもの足りないような平凡に見えていた作品が、なかなかじっくりと味わいがあって、こういう歌もいいな、なんて思いますよね。

高野 年齢を重ねる喜び、楽しみが。

伊藤 そうですね。

高野 でも、高野さんは早くに自分の作品、自分の楽しむ世界へいかれて、僕なんかはまだまだ時間がかかっているのですけれども。

馬場あき子さんの歌なんかも、ものすごく変わってきましたね。明るくて、親しみやすくて、奥が深いという。

高野さんとか馬場さんのそれは、すごく大きいなと思いますね。

高野 馬場さんもそうですよね。『無限花序』あたりは、すごく重かった。

伊藤 重いですよね。

高野 重いし、ちょっと難解なところがあった。艶やかさとか華やかさは、それはそれであるんだけれども、徐々に身軽になっていったという感じですね。

伊藤 身軽だけれども、深いものがあるという。

高野 奥深さがありますよね。

伊藤 昔にライトバースという議論がありましたが、表面は軽やかなんだけれども、奥に重たいものを持っているという作品ですね。

高野 馬場さんの歌はライトバースとは異質ですね。いまのインターネット歌人という人たちは、ライトバースですけれども。

伊藤 あとは大学のことなんかも少しお聞きしたいんですが、今後のことはあまり考えないということで。

高野 考えない。

伊藤 大学は勤められて十年ぐらい。

高野 十年目ぐらいですね。

伊藤 どうですか。学生に短歌を教えて、そのなかから人材も育っておられるように思いますけれども。

高野 学生の短歌は、若いからじょうずかというと決してそんなことはなくて、五十歳代になってはじめて短歌をつくる人と変わらないですね。

伊藤 やはり短歌年齢ですかね。

高野 要するに、短歌に対する適応性というのが、若かろうが歳をとっていようが、ある人はあるし、ない人はない。進歩がない人は進歩しない。

伊藤 厳しいですね。(笑)

高野 中年の人でも、うまくならない人もいるけれども、非常に速い速度でじょうずになる人もいますよね。もちろん、若い人でもじょうずになる人はいるし、まったく進歩しない人もいます。

伊藤 その差は何から生まれるんでしょうか。

高野 人の言うことを聞くか聞かないか、でしょうね。人からいろいろ教わっても、それを一切受け入れない人がいるんです。それは学生に限らず、短歌教室に五年、十年通ってもじょうずにならない人というのは、絶対に人の言うことを聞き入れていないんですよ。

伊藤　耳では聞いているけれども、心でしっかり受け止めていない。

高野　他人の言うことを素直に受け入れて自分を変える、ということができないんでしょうね。長いあいだ教えてきて、年齢に関係なく、そういう人がいるということを発見しました。一年やってもまったく変わらない、本当に変わらない人がいます。若いということは進歩と関係ないんだと。

若いということは残りの時間が長いだけであって、柔軟性があるということではない。逆に言うと、中年の人でも柔軟性はある。極端に言うと残り時間の差だけなんです。そういうことを感じるようになりましたね。

もちろん若い学生でじょうずな人もいるんです。ある程度、短歌が好きなんだろうと思うんですけれども、しかし卒業したら一切つくらない。これも第二の発見です。

伊藤　かなり才能があって、つくり続ければいい歌ができそうなのに。

高野　そういう人は毎年いるんですよ。だけど勧めても続けないし、勧めないと、まさにそれっきり。授業のために、単位を取るためにつくっている。

伊藤　でも、つくっているときは、単位のためでも熱心にやられるわけでしょう。

高野　熱心といえば熱心ですが…でも僕らは、伊藤さんもそうだと思いますが、つくりはじめた頃、言われなくても人の作品を読みますよね。これをまったくやらない。

伊藤　授業中だけで終わってしまう。

高野　そうです。だから熱心ではないですよ。

歌人のいい作品を読んでいない人は、じょうずにならないですね。授業の途中で、現代の優れた歌人の作品を五首とか十首紹介して、いい歌というのはこういうものですということを教えるんですが、授業以外のときに自主的に誰かの歌人が好きで読んでいるという人がいると素晴らしいのですが。そういう人だったら、きっと卒業しても続くんでしょうけれども、そういう人が皆無です。

こっちが読みなさいと言わない限り、授業以外で現代短歌を読むなんていう人は一人もいないというのが、悲しい現実です。

これまでにちらっと読んだというのはありますが、自分が短歌の授業をとって、いい歌をつくりたいから、そのためにいい作品を読むという意識はないんです。ただ自己流でやるだけで。自己流でもじょうずな人はいるんです。ただ、それ以上にじょうずにはならないですね。

授業中にいろいろな歌人の歌を紹介するのですけれども、明治時代までさかのぼるとすると、与謝野晶子なんかもやりますけれども、けっこう難しい。牧水は非常にわかりやすくていいんです。

伊藤　そうでしょうね。

高野　それから白秋とか、現代の歌人ですね。一番新しいほうで言うと、穂村弘のあたり。学生は穂村弘の歌に興味を持ちますね。ああいう歌がぴんとくるようで、やはり文語的なものは、ややなじみにくいみたいです。
　文語調の歌のなかでは、牧水なんかが、いまの若い子にも理解しやすいみたいです。茂吉とか迢空なんかを教えても、反応なし。若い女性というのは、ああいう歌をおもしろいと思わないみたいです。

伊藤　牧水の恋の歌なんかはいいのかもしれませんね。

高野　ええ、これはいいんですよ。

伊藤　卒業後につくらないということですが、彼女たちが、四十歳代、五十歳代、六十歳代になったときにどうでしょうか。種を播かれたぶん、ひょっとしてつくる可能性が。

高野　それに期待したいですね。（笑）

伊藤　高野さんが教えて十年だから、まだ三十歳ぐらい。

高野　一番最初の教え子でも、まだ三十歳ぐらいですから。

伊藤　では、まだこれからですかね。

高野　あと十年待てば。（笑）

伊藤　高野さんの子どもさんは、歌をつくったりはされないんですか。

高野　しないですね。あまり興味がないようです。娘が二人いますけれども、上の子は文学部を出たぐらいですから、多少は短歌に興味があるみたいですが、まだつくったこともないし、つくろうという気持ちがない。
　下の子は、まったく興味なし。お父さん、短歌つくってんの？　と。興味なしですね。（笑）先日は小島なおさんが角川短歌賞を取りましたが。

伊藤　高校生で、小島ゆかりさんの話によると、お母さんの講演原稿とか、ワープロを打っているうちに、けっこう関心を持ったりして。

高野　いいですよね。つくりたいという気持ちがあれば、歌集もいっぱいあって、環境はすごくいいですから。
　歌集なんて、読もうにも手に入らないですよね。だから学生たちに何かを読ませようと思っても、歌集を買わせることもできないんです。高いこともあるけれども、売っていないし、書店に直接注文して本を買うという経験がないようだし……。買わせることができないので、結局コピーして、あるいは自分で抜粋したのをプリントして読ませているんですけれども。

伊藤　高野さんの歌を、奥さまは読まれますか。

高野　読まないです。

伊藤　うちもだいたい読みませんから。読んでくれないほうが、ほっとしているというか。

高野　読まれるとちょっと窮屈ですね。歌をつくるときに、そのことが念頭に浮かんでつくりにくいでしょうね、たぶん。僕は幸い、家族は誰も読まないんです。

伊藤　うちもそれに近いですね。

高野　ときたま歌集を出すと、お父さん、歌集が出たみたいだねと。出ると、ちょうだいとか言うことはありますから渡すけど、読んでないみたいです。幸い。

伊藤　幸い。(笑)

高野　だって家族に読まれると、ちょっとエロチックな歌はつくりにくくなるでしょう。読まないという安心感の中でつくらないと。だから、僕はいい環境に置かれていますけれども。

▼辞典を作りたい

伊藤　高野さんはこれから、大学にはまだお勤めでしょうし、短歌だけではなくて、いろいろな仕事をされたり、あるいは仕事と別のこれからの過ごし方みたいなことで。

　僕も六十歳代に入ったんですけれども、高野さんも六十歳代で、我々はいつ何が起こるかわからないけれども、これからの六十歳代、七十歳代を生きるうえで、こんなことをして過ごしてみたい、こんなことをやってみたいとかは。

高野　そうですね…どこかに別荘を買って、そこで暮らしたいという気持ちもないし。

伊藤　ああ、ない？(笑)

高野　僕は愛媛の人間なんで、なんでも普通というのが好きなので。

　やりたいと思っていることはひとつあって、古語逆引き辞典というのかな。

伊藤　現代のものはありますよね。

高野　古語辞典というのは、昔の古い言葉を引くと現在の意味が出てきますけれども、いまこう言っている言葉を、昔はなんと言っていたかという字引がないんです。

伊藤　ああ、そういう逆引き辞典。

高野　要するに、現代語と古語の逆引き辞典ですね。いまそれがあると、短歌と俳句をつくる人はわりに役に立つと思う。一般の人にはぜんぜん役に立たないけれども。(笑)

伊藤　英和と和英があるように。

高野　そうそう。広辞苑なんかでも、現代の言葉を引けば、古語が少し出ていますが。

　腕という言葉があって、腕を昔はなんと言ったかというと、「かいな」という言葉があって、「ただむき」という言葉がある。この「ただむき」なんて知らない人が多いでしょう。もし、腕では音数が足りないというときにひくと、「かいな」が出てきて、まだ足りないというと、腕は「ただむき」と出ているから「ただむき」でいくかとか、そういう短歌に役に立つ辞典ですね。

　朝といえば、朝《あさ》というほかに朝《あした》もあるし、夜明け、あかつき、明け暗れ、東雲とか、ものすごくある。

伊藤　いろいろありますよね。

高野　これは音数も違うけれども、ニュアンスも違う。だから類語辞典も兼ねる。朝というところに、それらがずらずらと全部出てくるという、そういう字引をつくりたい。

伊藤　それは、ぜひつくっていただくと我々たすかりますね。

高野　名前がないんです。なんて言えばいいでしょうかね。

伊藤　これは何がいいでしょう。でも、なかなかそれはいいですね。

高野　わかりやすく言うと、古語逆引き辞典ですかね。古語を逆に引き出せるという。正確に言うと、現代語古語逆引き辞典ですかね。

編　現古辞典ですか。

高野　現古辞典か、なるほど。それのほうがわかりやすいかな。では、その名前を使わせてもらって。

伊藤　ぜひそれは、完成していただくとありがたいですね。

高野　少しつくっているんですよ。人に手伝ってもらって。迢空の歌などで「あかとき」という言葉が出てくる。そこで現古辞典では「あさ」の下に「あかつき」というのがあって、あるいは「あかとき」というのもあってついでに迢空の例歌を挙げる。簡単な説明及び例歌が付くんですね。

伊藤　それはいいですね。

高野　それを現在は少しつくっているのですが、できればそれを完成させたい。たぶん、小冊子的な字引で終わっちゃうと思いますけどね。現古辞典、それぐらいですかね。

伊藤　いまは遠大な計画はおっしゃらないけれども、たぶんこれから、そのときどきでプランを立てて、おやりになりたいことがいっぱい。

高野　でも、あまりそういうことを考えたことがないんですよ。とりあえず、いまのことをこなしていくだけ。

しいていえば、締め切りを守るようにしたい。それをやらないと、結局、自分が苦しくなりますね。いま、自業自得のことなんですが、いつも追いかけられている感じがする。どうせやらなくちゃいけないんだから、早く片付けるようにしたいなと、ほんとに、情けないぐらい小さな目標ですね。（笑）

伊藤　それは多くのものが、そうだと思いますけれども。

高野　まあ、それといい旅行詠を作っていきたいですね。

伊藤　馬場さんのような。（笑）

今日はいろいろ貴重な、有意義なお話で本当にありがとうございました。

高野　ありがとうございました。

（04・11・23　渋谷喫茶室ルノアール）

作家論

歌人教授としての横顔

津金規雄

高野公彦氏にお付き合いを願うようになってから十年にも満たない私にとって、何かが書けるとするならば、それは青山学院女子短期大学での氏の横顔ということになる。以下そのいくつかをご紹介したいと思う。

平成五年三月、歌人高野公彦は二十六年間勤めた河出書房新社を退職した。ときに五一歳。この時の氏の胸中には間違いなく、師である宮柊二の退職が思い浮かんでいたはずである。昭和三五年四八歳の宮柊二は富士製鉄を依願退職して短歌一本の生活に入ったが、氏もまた選歌を中心とした日々を送るべく職を離れたのである。「青・壮の二十六年過ごしたる社の恩おもひ退職願かく」に始まる「退職前後」の一連が『地中銀河』に収められている。

ところが「思はぬ成り行き」(『地中銀河』「あとがき」)から一年後、青山学院女子短期大学の国文学科の教授として迎えられることになった。青山学院の短大は四年制大学の日本文学科よりも長い歴史をもち、特に短歌俳句の優れた人材を教師陣に擁してきた。土屋文明や加藤楸邨といった大御所クラスをはじめとして、高野氏赴任当時も平井照敏氏が在籍されていたと記憶する。ちなみに高野氏を招いたのは、当時学長であった栗坪良樹氏で、歌人高野公彦としてだけでなく、本名の編集者日賀志康彦としての親交が以前からあったと聞いている。

赴任一年目の様子は片山由美子氏との対談(137〜145ページ)に詳しいが、当時の学生たちによれば、氏は最初の講義で「君たちは短大一年生だが、じつは僕も教員一年生なんだ」と発言したと聞いている。といってべつだん遠慮していたのではなく、私語をしている学生などに対して厳しいところは十分に厳しかったという。教員もサービス業化している昨今、これはきちんとした態度だと思う。何よりも他の学生たちへの迷惑を考えれば、教員としてごく当然の行為だといえる。

　民間企業で長く勤めてきた氏にとって、大学というところはどこか不思議な場所として目に映ったようである。ある時たわむれに、教員変人番付なるものを作って学生に見せたが、おおむねその評価は一致していたという。会議なども、時にいたずらに長く時間を費やしていると感じられたらしい。「賢的愚者《りこうばか》の駄弁が我の大切の時を食むかな例へば教授会」などという一首が『水苑』にある。もっとも河出書房も出版社の中ではユニークな人材が多かったそうだが。

　学生をはじめとする新しい環境を詠んだ作品は『天泣』の後半から現れるが、それまでにない素材を得て華やいだ歌境が展開されている。以後増減はあるものの短大に取材をした作品は、高野短歌の重要な一画を占めるようになった。あらためて歌人教授としての短大への赴任を喜ばずにはいられない。

　教員ならば多くの人がそうだと思うが、初めて接した学生たちというのは殊のほか印象深いものである。氏の場合も例外ではなく、一年目の教え子たちとの交友は現在まで続いている。特に親しい数名とは、一年に何回か会って一杯飲むというのがならいとなっている。場所は彼女たちの勤め先を考えて有楽町が多い。平成一三年の一二月には伊豆への一泊旅行が計画され、これには誘われて私も同行した。彼女たちとはすでに幾度か有楽町で会っていたからである。陶器造りを体験したり、ささやかな歌会をしたりというセンチメンタル温泉旅行であった。

　じつは私は彼女たちと教室で顔を合わせてはいない。六年前非常勤講師として短大へ出講するようになった時、彼女たちはすでに卒業していたからである。にもかかわらず会えば旧知のように親しくなれるのは、事情こそ違え高野公彦という共通の師を囲んでいるからであろう。じっさい「コスモス」に入会したのも氏の作品に心惹かれてであった。しかし短大で教えているのは歌舞伎なので短歌に関わりはないのだが。

　ここで因縁めいたことをいえば、先にあげた栗坪良樹氏は私の中学高校時代の恩師であり、高野氏は短歌の師であって、青山の地で私は二人の師にまみえる幸運を得たのである。これを不思議な縁といわずして何と呼ぼうか。

　週に一度の夕刻からの氏と私との行動は、ほぼ一定している。すなわちどちらかの都合が悪くない限り、一杯飲むのである。短大の先生方、卒業生、在校生、歌人たちと同席する仲間はいろいろ変わる。ときには二人だけということもある。場所はやはり青山や渋谷周辺が多いが、本屋へ行ったり美術展を見たりする場合には神保町、銀座、東京駅八重洲口あたりまで足を伸ばすこともある。「木染め月、手羽先の肉うまきころ酒場「ひごの屋」恋しき夜ごろ」「秋のよるもう寒いねと傳八で品書《しながき》見をり　おからがいいね」（いずれも『水苑』）といった歌にはこの辺りのところが歌われている。

　その酒はといえば〈楽しい酒〉と言うに尽きる。あるとき、氏が短歌を教え私が卒論を担当した卒業生をまじえ三人で、先の「ひごの屋」で鳥料理を食べかつ飲んだことがあったが、彼女が感に堪えたように言った。「お二人のやりとりは、まるで漫才のようですね」と。確かに二人とも〈昼の部〉と〈夜の部〉とでは、そのさまは大きく変わるといってよいのであろう。

　酒席での話題はさまざまで短歌に関わる話もあるにはあるが、大方は他愛のないことどもである。好きな女性のタイプは誰かなどと話したりもするが、ここ何年かの氏の意見は変わりがない。すなわち松嶋菜々子が目下のお気に入りなのである。平成一二年から二年間、氏はNHK歌壇の選者を務めたが、いつだったか放送センターの入り口で待ち合わせをしたことがあった。たまたまその時ドラマに出演していた松嶋菜々子が広い通路に現われ、スタッフと話を始めたのである。私たちのそばにいた高野氏はやや離れた所にある自動販売機まで行き、タバコを買って戻ってきた。しかし真の目的はタバコにはなく、あこがれの女性の近くを通り過ぎることにあったのである。

〈昼の部〉の氏の厳しさは先にも触れたが、こんな話も聞いた。かつて短歌の卒論は、作品三十首プラス歌人論（四百字詰原稿用紙で十枚）が原則であったが、作品が一定レベルに達しない場合には歌人論のみで三十枚に代えることがあった。ある年一人の学生が後者のケースに該当してしまった。研究室に呼んで説得しているうちに、その学生がポロポロと涙をこぼし始めたという。氏に事情を尋ねたら「歌のことになると、つい一生懸命になって言い過ぎてしまった」との答えであった。つまるところ短歌に対する姿勢の厳しさがそのまま表われたといってよいのであろう。「コスモス」の全国大会で、提出された歌をすべてこきおろしたために〈鬼の高野〉と呼ばれ、やんわりと評した桑原正紀氏が〈仏の桑原〉と言われたのも同じ事情を物語っている。ただ最近はご本人の言によれば〈仏の高野〉に変わってきたというのだが、確かに一面の真実をついているとはいえる。

もったいないと思うのだが、学生たちは歌人高野公彦の大きさをまだ十分にわかっていない節がある。短歌そのものも短大に入って初めて本格的に知ったという学生が大半であるし、氏自身もみずからの歌集や作品について積極的に言及するタイプではないので、仕方がないともいえるのだが。

短大では氏は歌人高野公彦として講座を担当している。これは本名の日賀志康彦で勤務していた河出書房の場合とは異なっている。研究室の名札も当然「高野公彦」である。だが多くの人たちはそれを知らない。ある時そのことを学生に話したところ彼女は言った「先生、偽名を使っているんですか」と。「文月をブンゲツと読む若者の無知こそよけれその下剋上」という作品が『水行』にあるが、氏の言葉を用いるならばこの学生もなかなかの〈つわもの〉である。

時代の変化、学生の変貌には近年ことのほか急なものがあるようだ。そうした中で自らの信ずる道を歩みつつある、現代を代表する歌人には、末永く実り豊かな人生を送っていただきたいと切に願う。

交友録

いい人――奥村晃作さんのこと

高野公彦

昭和三十九年の八月ごろ、私はコスモス短歌会に入会した。入会して直ぐ東京大田区のコスモス編集分室に住み込んだ。いはゆる留守番である。毎月一回、その分室でコスモスの編集会が行はれ、宮柊二先生のほか、十人前後の編集委員が集まつた。葛原繁、田谷鋭、川辺古一、島田修二、杜沢光一郎といつた顔ぶれである。その中に奥村晃作氏がゐた。

物言ひの柔和な人であつた。今でもそれは変らない。といふか、全てが変らない人である。変つたものといへば、年を取つて額の生え際が一センチほど後退したことぐらゐだらう。

それはともかくとして、当時私は二十三歳、奥村さんは二十八歳だつた。奥村さんはケイオスといふ若手のグループを作つて歌会をやつてゐた。私も早速そこに入れてもらひ、歌会に毎月参加した。ケイオスは三年前に奥村さんが作つた若手勉強会であつたが、結社の枠を超えた大きな集団になつたため宮先生から注意を受け、鎮静化した状態にあつた。しかし歌会だけは続いてゐた。奥村さんのほか、丸山元治、加藤祥子、渡部宮子など十人ぐらゐの若手が集まつてゐたやうに思ふ。

やがて、もう少し本格的な活動をしようといふことになり、ガリ版刷りの雑誌「Gケイオス通信」で北原白秋作品合評の連載を始めた。佐藤慶子さん（奥村夫人）も参加するやうになつた。続いて宮柊二作品合評も連載した。このグループで、時をり高尾山や深大寺など東京郊外へ日帰りで遊びにいつたこともある。

古典も勉強しよう、といふことで、毎月「抒情の源流を尋ねて」（コスモス連載）を読むことにした。会場は板橋区赤塚の奥村さん宅である。会が終ると、佐藤さんのおいしい手料理をご馳走になつた。このころ私たちは奥村夫妻にたいへんお世話になつた。小さなお子さん（浩子ちやん、剛くん）の顔を見るのも楽しみだつた。皆で越生梅林や信州の諏訪へ旅行したこともある。奥村さんは旅行好きの人であつた。

そのあと、昭和四十年代後半ごろから奥村さんと新たに読書会を持つやうになつた。集まつたのは、ケイオスの生き残り組と、坂野信彦・橋本清・桑原正紀・影山一男など戦後生まれの若い人たちである。読むものは手当たり次第といふ感じだつた。何年もかけて「ドストエフスキー全集」「大江健三郎全作品」を読破し、さらに古典和歌や俳諧などを読んだ。もつと他の作品も読んだと思ふが、よく覚えてゐない。

そのころ奥村さんは大江健三郎論やドストエフスキー論などを書いて群像新人文学賞（評論部門）に応募し、いづれも予選を通過した。あの柄谷行人が受賞した時、奥村さんは最終予選通過作だつた。しかし私は、奥村さんの個性は評論よりも歌作に適してゐると思ひ、そのことを言つた。『奥村晃作作品集』年譜に、「歌一本に絞るべきだ、という高野公彦の進言を入れて小説評論の筆は折った」とあるのはそれだ。

以下簡単に述べるが、ケイオスのあとも「群青」「棧橋」といふ同人誌で私は奥村さんと常に行動を共にした。奥村さんは直情径行な人、真面目な人、優しい人、面白い人、一緒に酒を飲んで楽しい人である。一言でいへば、いい人である。そして何よりも短歌が好きな人である。さうした点に惹かれて私はずつと一緒に行動してきた。

奥村さんは、酒を飲むと熱心に歌のことを論じ、徐々にその語り口に熱が加はつてくる。その姿が好もしい。しかしそれ以上飲むと、帰りが心配であつた。時々どこかで入れ歯を失くすらしい。あるいは夜更けに、自宅とは方向違ひの、見知らぬ駅のベンチで目覚めることがあるらしい。だが近年は反省して、深酒せず、きちんと帰つてホームページの更新に打ち込んでゐる模様である。

交友録

奉仕の人――影山一男君のこと

高野公彦

昭和四十五年の某月某日、東京・神保町の東京堂で奥村晃作さんと会つた。教へ子を連れてゐた。いま浪人中だが、コスモスに入会した生徒だといふ。年齢は十八。黒い服を着てゐた。学生服ではない。上も下も黒い服である。なんとなく都会的な雰囲気が漂つてゐた。顔は……あまり覚えてゐない。

これが影山一男との出会ひである。その後、影山君は熱心に私たちの歌会や読書会に出てきた。なかなか口は達者で、また世間のことをよく知つてゐる。さすが都会育ち、といふ気がした。彼は東京の真ん中、港区麻布に住んでゐた。同じ区内の芝学園（中学・高校の一貫校）に通ひ、そこで奥村先生と出会つたのである。

中学時代、小説を書いたといふ。題名は「山椒魚その後」、つまり井伏鱒二作「山椒魚」の後日談である。あのまま小説を書いてゐたら、僕は芥川賞作家になつてゐたのに、と彼は豪語するが、たぶん冗談であらう。高校で国語の重田仁美といふ先生（男性である）の薫陶を受けて短歌を作るやうになる。それを知つた社会科の奥村先生が影山君をコスモスに誘ひ、卒業後すぐ入会したといふわけである。

翌年、国学院大学に入学し、短歌研究会に入つた。昭和三十年代、四十年代は学生歌人がたくさんゐた時代である。国学院の先輩に有名な岸上大作がゐたが、影山君は岸上の歌には興味を持たず、やや幻想的な美的な歌を作つてゐた。中世和歌の愛好家である重田氏の影響であらうか。コスモスに載る影山君の歌は異彩を放つてゐた。また卒論は、式子内親王論であつた。

彼は私より十歳ほど若いのだが、ふしぎに気が合つて、よく居酒屋へ飲みにいつた。週末には泊りがけて市川・国府台のわがおんぼろアパートに遊びに来た。いろいろ面白いことを言ふので家内も喜び、幼い娘も喜んだ。

卒業後、講談社で『昭和万葉集』の編集のアルバイトをした。やがてそこで知り合つた近藤浩子さんと結婚した。仲人は奥村夫妻である。浩子さんは女子美卒、いま「桟橋」の表紙・カットを描いてくれてゐる人である。

数年たつて『昭和万葉集』が完結すると、影山君は失職した。そのころから彼の歌は浪漫的な抒情性の中に生活者の苦渋が加はり、じつくりとした味はひを持つやうになる。本人は童顔の面影を残しながら、歌は中年の渋さを帯びてくるのである。

とあるPR会社にしばらく勤めたあと、本阿弥書店に入り、「歌壇」を編集する。数年後に退社し、こんどは自分で柊書房を創業した。

影山君は編集のプロである。そして仕事熱心であり、着実に出版業を営んでゐる。自分の仕事だけでなく、コスモスの編集部でもよく働くし、「桟橋」の発行にも力を尽くしてゐる。仕事の速さは抜群である。

理不尽なことに出会ふと、影山君は怒る。倫理感が強いのであらう。人に向かつて、ときをり喧嘩腰になることもある。

しかし性格は善良で、また親切である。頼まれると、人のために何でもしてあげる。根はお人好し、と私はひそかに思つてゐる。

何か集まりがあつて、散会後、皆でどこかへ飲みに行かうといふ時、影山君がゐると非常に助かる。彼はまるで日本奉仕協会（？）から派遣された人のやうに、すぐ適当な飲屋を見つけて皆を案内し、席に坐ると一同の飲み物・食ひ物を注文し、酔ひが回つたころ歌人（たとへば宮柊二、宮英子、塚本邦雄、岡井隆、馬場あき子など）の物真似をして我々を楽しませてくれる。

日曜日はパチンコ屋に行き、台に向つて一日ぢゆう坐つてゐるやうだ。儲かることもあらうが、もちろん損する方が多い。一人ぽつねんと坐つてゐるその姿も、影山君の一面である。

交友録

ユーモアの人——大松達知君のこと

高野公彦

大松達知、オオマツ・タツハルと読む。タツハルは言ひにくいので、最初のころ私たちはオオマツ・タッチと読んでゐたが、今はさう呼ばない。彼が一人前のオトナになつてしまつたからである。

大松君も影山一男と同様、芝学園の卒業生である。在学中に、やはり奥村晃作さんに教はつた。ただし二人は大きな相違点がある。影山君は奥村さんとは無関係に短歌を作り始め、歌の傾向も異質だが、大松君は奥村さんの影響のもとに出発した。初め俵万智の『サラダ記念日』を読んで歌を作り始め、同時に奥村さんの歌を読んでそれに惹かれていつたらしい。

高校卒業後、大松君は一浪して大学を目ざしてゐた。奥村さんの紹介で、浪人中に初めて彼と会つた。歌は作つてゐたが、まだコスモスには入会してゐなかつた。大学に入つたらぜひコスモスに入りなさいね、と私は言つたやうな気がする。

翌年、上智大学の英語学科に入学し、まもなくコスモスに入つた。そして「桟橋」にも参加するやうになつた。そのころから広く現代の短歌を読み始めたやうだ。勉強熱心なのである。歌は奥村流で初めから上手だつたが、しだいに歌風の幅を広げていつた。今は誰流でもない独特な大松流の歌を作つてゐる。

大学を出たあと都内の有名な私立男子校に就職し、英語の教員となつた。中学・高校の一貫校である。ある日、「桟橋」の誰かと新宿の〈まさみ屋〉といふ居酒屋で飲んだ。彼はそこに提《さげ》坂《さか》千秋といふ女性を連れてきた。恋人である。彼は自慢するでもなく照れるでもなく彼女を紹介した。いつも飄々としてゐるのが彼の特徴である。

彼は、年上の（親の世代に当たる）私たちに対しても臆することなく普通に会話し、しかも言葉の端々にユーモアが顔を出す。時には駄ジャレも飛ばす。それでゐて礼儀正しい。

まもなく千秋さんと結婚した。彼女は上智の同級生で、結婚後も会社勤めを続けてゐる。大松君は亭主関白ではなく、愛妻家である。千秋さんも、飄々とした所のある楽しい人だ。

奥さんのことを大松君は、絶対「うちのヤツは」なんて言はない。家内とも細君とも言はない。いつも「うちの妻は」と言ふ。時に「千秋は」と言ふこともある。

家事の分担は半々ぐらゐらしい。彼は生まれてからずつと都内の実家に住んでゐたから、食事を作つた経験はないはずだ。私が、からかひ半分で「君、今までお母さんが食事を作つてくれてゐたんだらう？　結婚して、かへつて忙しくなつたね」と言ふと、彼は「いや、自分が食べたいものを作れるから、この方がいいんです」と涼しい顔で言ふ。

大松君は学校勤めだから、会社勤めの奥さんよりも帰りが早いことが多い。必然的に夕食の準備は大松君の仕事となる。「でも、いいんですよ。僕が作る方がうまいから」と、これまた平然としてゐる。

妻を詠んだ歌は、妻に対するうやうやしい態度が出てゐて面白い。愛妻家といふより敬妻家《けいさい》と呼ぶのがふさはしいだらう。そのユーモラスな〈敬妻短歌〉が、彼の歌の一大特徴である。

これまで大松君とは中国・韓国・台湾など何度も一緒に海外旅行をした。彼は、異国の見慣れない食べ物を何でもうまさうに食べる。英語が使へさうな場所でも、あまり使はない。予め中国語や韓国語を学習し、時々それを使つてゐる。好奇心も強い。いはば肉体的にも精神的にも胃袋が大きいのだ。その辺りも、彼の短歌にプラスしてゐるやうな気がする。

そして、行く先々で妻への土産を忘れない。土産を選んでゐる時も、いつものやうに飄然とした顔をしてゐる。

高野公彦代表歌三〇〇首

津金規雄 選

『水木』 10首

青春はみづきの下をかよふ風あるいは遠い線路のかがやき

ギリシャ悲劇観てゐる君の横がほに舞台の淡《あは》きひかり来てをり

報道のカメラの前を仮面なき我らつぎつぎ写されてゆく

朝羽《あさは》振り姉は飛びゆき夕羽ふり帰りこざりきこの庭の上《へ》に

奸を討ちし青年将校を罰し北を罰し天皇はいかになりゆきたまふ

浄められし子のなきがらににんげんの男《を》のしるしあり声なく見たり

江戸川を遠《とほ》のぼり来て葦群《あしむら》に音してゐたり日ぐれの潮は

颪いでて波止《はと》の自転車倒れゆけりかなたまばゆき速吸《はやすひ》の海

飛込台はなれて空《くう》にうかびたるそのたまゆらを暗し裸体は

夏の雲霧のごとくにながれゆく津軽国原にわが子うまれつ

『汽水の光』 13首

少年のわが身熱《しんねつ》をかなしむにあんずの花は夜も咲《ひら》きをり

遠くより母のこゑにて死者は呼び雪つもる日のわが嗜眠症

家裏に立てて忘られて梯子あり銀河は一夜その上に輝《て》る

ぶだう呑む口ひらくときこの家の過去世《くわこせ》の人ら我を見つむる

生きるとは生き残ること　炉の裡にむくろ焼く火のとどろく聞けば

幼子をわが寒さゆゑ抱きやればその身さやさやと汝は喜ぶ

白き霧ながるる夜の草の園に自転車はほそきつばさ濡れたり

梨の実のうちがはに白き風たちてはろばろと闇に入りゆきし人

みどりごは泣きつつ目ざむひえびえと北半球にあさがほひらき

春ふかき母校の裏に青銅の獅子はゆたかに水の束吐けり

精霊ばつた草にのぼりて乾きたる乾坤《けんこん》を白き日がわたりをり

地表より階段くらくつづきゐて踊場一つづつ冬の月

犬ふぐり咲ける堤を子と行けば子の髪ぬらすほどの日なたあめ

『淡青』　15首

しづかなることばをつつみ白桃と我れ相対ふもの冷ゆる夜半

エレベーターひらく即ち足もとにしづかに光る廊下来てをり

肺攣《つ》るるまで疾走すわが左右《さう》にとびすさりゆく素《しろ》き空間

冠雪の季《とき》近づかん野の木々は鳥去りゆきて簡勁の枝

雨一夜ふり足らひけり水辺の枝にあかるむ大かたつむり

かたむきて虚空をわたる速雨《はやさめ》の白き脚みゆ時計塔の上に

ふかぶかとあげひばり容れ淡青《たんじやう》の空は暗きまで光の器

DOHC《ツイン・カム》エンジンうなりうばたまの夢前川《ゆめさきがは》をたちまち越えつ　中国自動車道

弘法寺《ぐはふじ》の桜ちるなか吊鐘は音をたくはへしんかんとあり

水をわたり花に近づく蟻のあり時間《とき》かけて濃くなりゆくいのち

泥あそびする子の上を種さげてタンポポの白い気球が通る

海に出てなほ海中《かいちゅう》の谷をくだる河の尖端を寂しみ思ふ

骨太くわれ創られてふたふさの胸ある者に恋ひわたるなり

葉桜の国にわが母　花冷えの国に妻の母　相とほく老ゆ

はるかなるひとつぶの日を燭《しょく》としてぎんやんま空にうかび澄みたり

『雨月』18首

文字清き原稿なれば割付の赤字入れつつ心つつしむ

病む母は見ずなりにけり海に光《て》る銀の朝波、金の夕波

ひえびえと穀雨《こくう》は降《ふ》りぬ地方出身都市生活者われらの上に

妻子《つまこ》率《ゐ》て公孫樹のもみぢ仰ぐかな過去世・来世にこの妻子無く

死者、事故車運び去られて乾く路迅《はや》しするどし都市の自浄は

わが家の番外の生《せい》歳の夜を籠に身じろぐこざくらいんこ

夜ざくらを見つつ思ほゆ人の世に暗くただ一つある〈非常口〉

母の臥すベッドの下に常ありしスリッパあらずもう使はねば

母が作り我れが食べにし草餅のくさいろ帯びて春の河ゆく

死なむとする母のいのちを死なしめず手厚く冷厳なりき現代医療は

建久七年六月十日の明月記「先妣《せんぴ》」の語ありいたく身に沁む

新宿の地下広場ふかく夕日さし破船を洗ふごとき水音

林檎より剝《む》かれゆく皮ゆらゆらと女体に沿ひて下降する見ゆ

村野四郎の詩を経て我を打ちたりき湿り無き新即物主義《ノイエ・ザハリヒカイト》

雨月の夜蜜の暗さとなりにけり野沢凡兆その妻羽紅《うこう》

巨大なる〈核の倉庫〉となりはてし天体一つ宇宙にうかぶ

非凡より凡は大《だい》ならむ愚直なるただごと歌が〈聖〉を帯びゆく

水べりのくるみを照らし我をてらし水はやはらかき女人のひかり

『水行』 24首

受粉《じゆふん》して白ふぢの花瞑目す遠くしづかなる漂鳥のこゑ

夜の暗渠《あんきよ》みづおと涼しむらさきのあやめの記憶ある水の行く

〈歌阿修羅・酒阿修羅〉より〈歌菩薩・病菩薩〉となりて逝きませり

雪の夜のりんごの球《きう》の天《てん》の凹《くぼ》に短き柄《え》ありちひさきその柄

究極の人生は?　と問はれて。

「歌を詠み秀歌五、六首。晩年に世を捨てて伝詳《つまびら》かならず」

ふるさとの木に近づけば蟬黙るそんなに恐くないさ僕だよ

湯どうふよ　わが身は酔つてはるかなる美女《びんぢよう》恋し　なあ湯どうふよ

藤の花咲けりこの世はつねにつねに誰か逝きたるあとの空間

中年に「門」を読むのは庖丁を研ぎあげて鋭刃《とば》にさはるのに似る

富士の秀《ほ》を指してゆつたりもりあがる裾野の地表エロスを湛《たた》ふ

原子炉のとろ火で焚いたももいろの電気、わが家のテレビをともす

宮柊二は歌の中に在り歌碑といふ大きな石の中には坐《ま》さず

葦の間に鷭《ばん》うかびをり師はこれを詠みまさざりき黒耀《こくえう》の鷭

文月をブンゲツと読む若者の無知こそよけれその下剋上

内なる〈死〉わがししむらを軽打《けいだ》して頭髪すこしづつ白くなる
生きゆくは老いてゆくこと　我に来て友に来てゐる羞《やさ》しき花眼《くわがん》
能見つつ我はねむりき黄金《わうごん》の風のほとりのねむりなりけり
二十代だつたころ。
その人は伊予の人にて句と歌を革《あらた》めながら都に死せり
母亡くて石臼《いしうす》ひくくうたひをり　とうほろ、ほほう、とうほろ、ほいや
見おろしの瀬戸の青海この海を水行《すいかう》せしや遠き魏《ぎ》の人
一に菜の花、二に桜さく三月の四国に居れば五歳の童子
アル中で妻と別れて島にわたり黙つて死んだ放哉が好きだ
耳飾りに耳を噛ませて出で歩くやはらかき不可思議の生きもの
にんげんの水行の跡すべて消し海はしづけきひかりの平《たひら》

『地中銀河』 21首

藍壺の底ひのごとき冬の夜の深宇宙《しんうちう》見あぐ煙草買ひに出て

燃ゆる水、幾時代かがありまして砂漠の国の茶色い戦争

ミサイルがゆあーんと飛びて一月の砂漠の空のひかりはたわむ

月よりもはるけきごとし我の死も友の死もなき湾岸戦争

死せる鯉ぬるり重きを新聞につつみ縛りてわが身汗ばむ

わが皮膚を〈国境〉として中国語するどくひびく北京駅に立つ

リゾートもあっていいけどこの都市の水道で〈うまい水〉を飲みたし

梅雨冷えやフランドル派の絵の中のごとくに人らゆく聖橋

しんしんと体のなかの風ぐるま回りて我は滝に近づく

雁渡《かりわた》し吹きすぎしあとしんしんと円《まる》み帯びたり藍のわだつみ

凡作を我は蔑《なみ》せず凡作は歌のみなもと、良き歌の種

田舎者都会で生きてことし五十　歌人たり　甕の目高の父たり

ほたほたと雪ふりいでてひとの目もやまばとの目もくるりくるりす

集まれる十五の渦を統《す》べてゐし大いなる渦ゴルバチョフ去りぬ

わが幼時、百葉箱《ふしぎなはこ》がひつそりと夕日を浴びて立つてゐました

地中銀河と言はば言ふべし富士山の胎内ふかく行く寒き水

浪費せず生きて来たりぬ浪費とはいのちの激《たぎ》ちかもしれぬのに

受理されし退職願よるふかく社のいづくかに冷えつつあらむ

とほき日に別々の〈死〉が待ちをらむ街列《なら》びゆく黄帽の園児ら

歌が良くば性格よくば顔などはどうでもよしと言へば嘘になる

木登りが少年たちの筋肉と脳を育てたといふ我の説《せつ》

『般若心経歌篇』 10首

時ゆけりビデオテープをひゅんひゅんひゅんと巻戻しするその間も逝けり

見つつわれ入りてゆくなりあぢさゐの花の内なる青き湖心《こしん》へ

色好みの少将の裔《すゑ》（みたいな顔）ダンボール敷きて地下道に眠る

如露といふやさしき道具愛したる民族にして真珠湾攻めき

滅びたる星も混じりて星ぞらは一大かすみさうと咲《ひら》きぬ

是非もなく蛇笏は堪《た》へき次男病死、長男さんげ、三男さんげ

集英のグループなどと「桟橋」を言ふ俗説のありて楽しけ

遠つあふみ水晴れわたりはるかなる近つあふみとひびきあふ青

元久二年三月二十六日。
竟宴を終へたる院は浴《ゆあみ》して女御《にようご》抱きしや燭のひかりに

実像の宮柊二より大いなる虚像つくりて拝《をろが》むなゆめ

『天泣』149首

ファックスの送信つづく部屋の外《と》に夕雲の端紅《あけ》をふふむ見ゆ

灯の海を高層レストランに見おろして青芹入りの雑炊食へり

街川に自転車いくつ水漬《みづ》きをり死ぬには永き歳月が要る

珈琲類果汁類清涼飲料類自動販売機設置一区画終夜の微光

寝たきりの替りのことば寝隠《ねごも》りといふは優しゑ月見れば思ふ

萍《うきくさ》の葉のめぐりなる水の面《おも》絹のうねりす雨ふる前を

水に棲み水より出でて地を這へり　外骨《そとにほねあるもの》　不器用に

勤めよりはづれむとするこころもて雨後しづくする椎の木仰ぐ

死児ありき。死児なれば名は無し。

二十五年むかしよ我に来て去りし宇麻志阿斯訶備比古遅《うましあしかびひこぢ》の子神

飛行船ほうと浮かびて青空の蚕《まゆこ》のやうにゆくひかうせん

我を生みし母の骨片冷えをらむとほき一墓下《いちぼか》一壺中《いちこちゅう》にて

後鳥羽院、二首。

隠岐の島に流罪貴人がともなひし臣下《しんか》妻妾《さいせふ》幾十人なりや

〈戦争責任者〉後鳥羽院流され死にしこと思ひて昭和の戦後さびしむ

地下鉄車中にて。

「皇族は税金払ふの？　はんたいに税金で食べてゐるの？　お父さん」

鴨の食《じき》見むと来たれば鴨らゐず暁《あけ》いちまいの銀の冬海

宿酔のきしむあたまのなかに来てどんど火《び》を焚く朝の太陽

地下五寸そのくらがりにねむりゐて観天望気する冬の亀

本棚に本の〈死体〉がならびゐて夜々《よるよる》見をり懈怠《けたい》の我を

なまよみの甲斐のゆふぞら生みたての卵のやうな月が出てゐる

やはらかきふるき日本の言葉もて原発かぞふひい、ふう、みい、よ

森が死に　生きものが死に　しんかんと孤りではまはる球体の末

くすの木の照葉《てりは》に冬日片照りてかの世で会ふや白秋、柊二

わが生まれ日。

地の果のしろき冷たき氷島を思ふなどして齢《とし》一つ足す

貧といふこと無き如き今の世に貧はたとへば日本語のこと

花散りしさざんくわ一枝《いっし》　葉の光沢《つや》の美しければ壺より捨てず

惰性にて会社に行くは鳥食《とりばみ》か何かのごとく恥《やさ》しきものを

外《と》に出でて冷気たのしむ　退職を思ひ決めたるその夜ふかく

夜ぞら今金属よぎりゆくならむテレビ画面の菜の花乱る

をとこ雨ふりゐたりしがほそほそとをんな雨ふる地下駅出れば

雁《かり》の列より離れゆく一つ雁おもひて書きぬ退職願

　ギリシア神話の初めにティターン（巨神族）ありき。

ひよひよの小花つけたるヒゴスミレを屈みて見をり巨人《ティターン》われは

甕《かめ》ゆれて　遅れて揺るる甕の中の水のやうなりこころといふは

歩むなきいのちなりけり幹ふかく漏刻《ろうこく》もちてけやき芽ぶきぬ

白藤の花に憑《つ》く蜂、日を浴みて静止飛翔《ホバリング》せり人死にし昼

はるかなるコロナの白き炎《ひ》を恋ひて蟬鳴きしきるアンテステリオン*

*八月（ギリシャ語）。

　長女、就職。

早寝して子はみづからの歳月を生き始めをり夜の霞草

ざくろの実太れ、熟れよと天つ日のしづかに囃《はや》す*エラフェボリオン　*九月。

ほうほうと芒そよげり秋ゆふべ鳥獣戯画の中にし入《い》れば

飛脚が行きクロネコが行きペリカンが行きて賑はふせはしき日本

父寝たる家のくらやみ首かしげくくみて鳴けり伊予のこほろぎ

らーめんに矩形《くけい》の海苔が一つ載りて関東平野冬に入りたり

殻《から》割つて食ふ蟹の肉　生きて食ふ鳥獣魚介何トンぐらゐか

誕生日、同じ。

居ながらに一つ年とる十二月十日、死者たる寺山を越ゆ

広辞苑閉づれば一千万の文字しづまる音す大年《おほどし》の夜

星青き*ヘカトンバイオン　眠る間もあはき泪が眼《まなこ》を洗ふ　*一月。

夢の島に福竜丸は冷えをらむ月魄《つきしろ》ほそき冬のゆふぐれ

うつつより色あざやけきテレビの絵いとひて歩む草芽ぶく道

浅草にて。

どぢやう屋の二階より見つ裏庭の盥《たらひ》にうねりひしめく黒を

流水に素足を入れてあそぶ子の向脛《むかはぎ》ひかりをり青四月

人生をシャッフルしたく離職せり離職し徐々に七曜を脱ぐ

ししむらにこもりゐる骨　月光は骨を照らして命老いしむ

風の夜のあさき眠りや押し入れの奥にひろがる真葛が原や

十五年デルタに住みて人の訃も恋しき文も橋こえて来る

転生のはざまのあはき生なりや紫蘇の葉わたる足細《あしぼそ》小蜘蛛

時の行《ゆき》継ぎ目もあらず夏まひる生ける物より広場灼けをり

塵埃車出づる見る無くひつそりと水に囲まれ皇居あり　夏

天の川夜空に輝《て》りぬ我の手の跡消えゆくやかの乳房より

羊歯そよぐ影くらきかな女埴輪《めはにわ》の肌のおもてに肌のうちらに

虫鳴くとマールブルクの小皿《てしほざら》に梅干ひとつ置きて酒を飲む

薬。

午後もなほ二日酔にてひめやかに「時」を薬としてわれは耐ふ

耳順《じじゆん》にはまだ遠きわれ酔へばすぐ破調歌人の歌こきおろす

大き湖《うみ》も小さき湖も四隅《よすみ》より水昏れてゆく水の国近江《あふみ》

舞の海が三所攻《みところぜ》めで勝つさまを眼前に見き今年のさいはひ

労働は喜びならずしかすがに歌読む楽し歌詠むは、なほ

締切を過ぎてあせつて仕事するこの悪癖よ飛んで行け

五十首に一首ほどなる佳什《よきうた》を救ひとなして選歌つづくる

みどり児が睫毛おろしてねむる昼天体ひとつひそやかに燃ゆ
人の名に罫《けい》ふとく添ふ朝あさの記事あり死者は昼夜をおかず
杖つきて歩く日が来む　そして杖の要らぬ日が来む　君も彼も我も
胸白き女鷹《めたか》ありけり耿々《かうかう》とその眼は見つむわれの脳《なづき》を
いま我を知る人は無し夜半《よは》起きてこむらがへりに呻《うめ》きゐるわれ
昨日のこと無くて明日のことも無く鷭《ばん》うかびをり茫《かびろ》き水に
すいつちよのすういつちよんと鳴きしあとしづかなるかも千年の闇
勤め先は千駄ヶ谷にあった。
職退きて半年、虹を見ぬ日々よ美しかりし千駄ヶ谷の虹
雨滴《うてき》走る「のぞみ」の窓よ　東京が江戸なりしころ降りししぐれよ
あいまいな思はせぶりな歌を見て噛みつかむとす犬性《いぬしやう》われは

歌を知らず歌を論ずる甲・乙をわが冷笑す猫性《ねこしやう》われは

天国の裏の路地ゆく思ひかも街川の穢《ゑ》に沿ひて歩めば

うらわかきヨセフとマリア抱《だ》き合ふ絵いまだ見る無し　一つゆふづつ

白き石が夜児《よる》を生むを誰も知らず　生きてわが見たし石が児を生むを

宮崎の熱きスピリット〈百年の孤独〉を飲みて孤独たのしむ

あふむけに蟬死にてをりモーゼ死にブッダも死にしこの星のうへ

しづかなる真冬の滝のごとき人その滝あかり我を癒せり

終末《カタストロフ》に近づく「ボレロ」金泥《こんでい》をぶちまけるやうに打楽器乱打す

みづからの意志ならなくに札《さつ》の顔となりし漱石日本に満つ

電線に並ぶ君らはツバメ語で噂をすらし地球《おれたち》の未来

スピカは「麦の穂」の意。乙女座の首星。

スピカまで二〇〇光年　コンビニへ水買ひにゆく暗き夜のふけ

花舗《くわほ》の百合ひかり冷たし穏《おだ》しくてやがてさびしくあらむノーキッズ

一つありし求肥《ぎうひ》を食ひて　くきやかに〈無〉があらはるる夜の白き皿

おほいぬのふぐりの瑠璃よわが生に金《かね》の友無く歌の友おほし

税務署は奪衣婆《だつえば》、国は懸衣翁《けんえをう》などと思ひて夜ふけ白湯《さゆ》を飲む

わがインコ籠に老いつつ或るゆふべその嘴《はし》照らし去りし春雷

天泣《てんきふ》のひかる昼すぎ公園にベビーカーひとつありて人ゐず

わが部屋の日だまりに咲くヒゴスミレの白き火花よその無量光《アミターバ》

職を辞めて一年。

こもりぼけ打ち払ふべく出でて来て田端大龍寺子規の墓にをり

ひがんばな過ぎてまた会ふひがんばな中央本線山間《やまま》に入りぬ

辛辣な日夏の「明治大正詩史」わが本棚におほどかに居り

明月記読み飽きし夜半ラジカセのスイッチ押して楽《がく》を湧かしむ

列島のめぐりは波濤　ながくながく眠りてひそと目ざむるひひな

よるふかくルーペで覗く鬠の字深潭《しんたん》のごとおそろしく見ゆ

蟬の子ら地中にひそみしづかなるキャンパスに春の雪ふりて消《け》ぬ

はなやかにキャンパスを来るスカートのその短さは少女《をとめ》の言葉

胸うちに濃霧《こぎり》を秘めてゐるやうなひそやけき子に式子《しきし》を教ふ

雷《らい》鳴れば鳴る方を見て教室のわが少女らは敏《さと》き水鳥

草のうへに落ちし梅の実やはらかく重力やどりをりて腐りぬ

うすぎぬにつつまれ我に向く乳房幾十ありて教室暑し

暑き日の葉裏にねむる蝸牛《まひまひ》をはるかより見る天の眦《まなじり》

ひるやすみをとめら集ふ食堂は千のふうりんさやぐがごとし

出来かけの歌一首わが胸うちにすばやくたたみ授業に出づる

しんがりを行くのが好きで夜半の駅しんがりに出て望《もち》の月に会ふ

おぼろ夜の鈴の内らに棲む音を振り出《い》だしけりさびしくて我は

読みさしてジントニックを一つ作りまた読みつぎぬ石上《いそのかみ》露子《つゆこ》集《しふ》

爪先《つまさき》ですずしく立てり母となるまへの乙女のほそきししむら

駅弁の木の割箸をパキと割り西国行きの旅始まれり

六月の滝のほとりに滝守のごとく日すがら濡るる羊歯の葉

すこしづつ失せゆく〈時間〉湯を出でてわが胸板を押し拭ふとき

母は亡く臍の緒も無しゆでたまごむきつつ思ふ伊予灘の青

円覚寺夏の樹間《このま》をわれといふ一式の骨歩みて行けり

自由いま無くて見てゐつラッシュ時の吊革握る人の手、わが手

故郷《くに》を思ふ人混じりゐむ満員の車内に繁立《しみた》つ〈沈黙の大衆《サイレント・マジョリティ》〉

ラッシュ客降《お》りし電車はしづかなる空気を運ぶ函となりたり

月光は夏も涼しゑ繁り合ふいちじくの葉の右手ひだり手

地下鉄で闇を見てをり十五夜の月に供へむすすき買ひ持ちて

水草の微苔《びたい》舐めゐるヌマエビよ臓《わた》透きとほるヤマトヌマエビ

人日《じんじつ》に七草粥の祝ひせぬ平成の世や霰降り出づ

流氷の輝《て》りをテレビに見つつ食ふ南無《なむ》ほかほかの炊き込みごはん

ピッコロを吹く前唇《くち》を湿らするごとひめやかにけやき若葉す

夕ぞらのゆふやけ雲の緋のあばら悪人あれば悪世間あり

テンプラの虎魚《をこぜ》美味にて悪友のごとくなつかしき面がまへ

テロップのごとく小犬の歩く冬けやきの幹は緊《し》まりて立てり

はるかなる山間《やまま》のダムの水圧のはつか滴《しづく》す夜の蛇口より

浅海は真底《まそこ》まで日のひかり来て遍羅《べら》のうろこの天与のみどり

風かよふ夜の闇すずし手花火に最後にしやがみたりしはいつか

空蟬の褐色の殼つやつやと道元禅師浴後の裸体

晶子読む授業終りて立ちあがるをとめをとめの背の高き世ぞ

蔘鶏湯《サムゲタン》はふはふ食へり倭奴《ウエノム》か日本人《イルボンサラム》かいづれぞわれは

日本酒を注《つ》げば新羅《シルラ》の徳利は良きひびきせりチャルサックチャルサック

韓国を犯し蔑《なみ》せし歴史あり韓国は兄と我は思ふに

デジタルの時計をいとふ感覚の遠きみなもと草ふぐ泳ぐ

秋ぐもりきんもくせいの花の香のほとりを過ぎてわが生を謝す

元日の朝、五階より降りて来て神の空席のごとき街を行く

暁闇《あけぐれ》にめざめてをれば戸の障子徐々にちからを得て白みゆく

死はとほき未来のことと思はするまでにしづけし竿竹売のこゑ

さるすべりながく咲きをり人が人を神震《しん》ふまで恋ふる何ゆゑ

滝、三日月、吊り橋、女体　うばたまの闇にしづかに身をそらすもの

ぬるき湯に夜ふけひたりぬ遠からず我れが〈一体〉と呼ばるる日来る

夜の草に月より届く息ありてかすかに鳴きてをり鉦叩

宿酔で休講にして茫と立つあな自打球の痛さに似たり

三連星《からすき》よ初めて人を抱きし夜のその夜のやうに冷ゆるからすき

『水苑』 20首

雪の夜のコップの中におほぞらのありてかすかに鳥渡りゆく

巨鳥《おほとり》のつばさが空をおほふかと思ふまで寒し神戸燃ゆる日

高野《あいつ》にはちよつと優しくしてあげて飲ませてごらんあつぱらぱあとなる

騒ぐ子が勉強をせぬ子では無し〈人のいろいろ〉を見つつ楽しき

打てばひびく出雲教授の脳髄にときどき日本語のこと訊きにゆく

曇り日の蜥蜴の去りし石のうへ蜥蜴の青銀《あをのぎん》残りたり

生ビール飲むや臓腑のくらやみに波ひろがれり　づわん　しゅわある

誤解もて歌褒《ほ》められて砂少し入りたる靴で歩む心地す

おしやべりな子猫のまじる授業にて言ひそびれたる「字余り効果」

ひまはりの花の裏より聞こゆるは京《みやこ》へまゐる太郎冠者のこゑ

寒すずめ地を跳びあるき跳びあるく　鳥は横たはる時が死ぬとき

古人《こじん》これを砥草《とくさ》と言ひてかなしみき群がり立てる濃みどりの茎

極道院《ごくだうゐん》悪鵯《あくひ》喧騒《けんさう》居士《こじ》といふ戒名なども考へにけり

　　ホッチキス讃。

日本を支ふるは何　思想ならずたとへば地道なこのホッチキス

白骨《しらほね》の裔《すゑ》の裔なるやはらかき水母《くらげ》うかびて海は秋の冷え

鯛焼の縁のばりなど面白きもののある世を父は去りたり

あれはどこへ行く舟ならむいつ見ても真つ新《さら》なるよ柩といふは

引き出しに胡桃が一個。

星の好きな引き出し男　引き出しに棲みて胡桃となりてしまひぬ

水苑《すいゑん》のあやめの群れは真しづかに我を癒して我を拒めり

浮かびきて水面裏に口づくる銀の鮒あり終戦記念日

『渾円球』 20首

くるぶしの突起をなでて夜半を居りこれは骨、いづれただのしら骨

〈考へる葦〉が〈枯葦〉となるさまを父のうへに見きやがて我に見む

教へ子のくれし手紙の「〆《しめ》」見つつ小さな茗荷ほどのときめき

少年、老いやすくして白まゆを掌上にのす伊予の〈少年〉

我に凭《よ》る隣の席の姫ぎみの傾ぎ眠りを肩もて支ふ

浅蜊の斑《ふ》、浅蜊の茶の斑、濃青《こあを》の斑、はるかな海がキッチンにある

この影は老ゆることなし炎昼をわれに従きくるしづかなる影

キオスクに売子のをらぬひとときのたとへば殯宮《ひんきゆう》のごとき明るさ

髪刈ればひたひに蝶のおりてくる気配こそすれ華甲一月

百年後この乙女らは誰もゐずかく思ひつつ或る日授業す

伊予の国肱川《ひぢかは》河口の草ふぐが待つてゐる　僕の終《つひ》の帰郷を

高層の窓、水の如かがやけばひかりの渡御とおもふまひるま

飛び去りし白さぎの跡ひとすぢの体温あらむ秋深きそら

虫の音《ね》のほそる夜ごろを雁《かり》の群れ渾円球《こんゑんきう》のそらを渡り来《く》

ニューヨーク貿易センタービルのなか香水の香は死体を離《はな》る

卓上に文鎮冷えてちちははの肉声少しづつ忘れゆく

〈やさしさ〉が幼き魂《たま》を犯すらしこのごろ多き無表情の子ら

流速の中に真白く咲いてゐし梅花藻《ばいくわも》、どこかの旅で見た花

休憩に入りたる暗き舞台うへ調律師きてピアノ軽打す

洞窟の古代壁画のほそき鹿、それよりかすかなるや我が歌

（選出について）

・牧水賞受賞歌集である『天泣』（三二九首所収）からは、書肆の求めに従い、三〇〇首の半数弱に相当する一四九首を選出した。

・その他九冊の歌集については、たとえば最も収録歌数の多い『水行』（七〇八首所収）でも二四首を選出するにとどまっている。したがって『天泣』とそれ以外の歌集とでは、おのずから読み方が違ってくるであろうことを付記しておきたい。

・各歌集とも、優れた歌、よく知られた歌を選出するように心がけたが、一方で歌集の特徴がよく表れた歌、作者の人生がうかがわれる歌も選びたく思った。この二つの行き方はときに矛盾する場合もあって、選出は必ずしもうまくいっているとはいえないかもしれない。著者ならびに読者にお断りをしておきたい。

・詞書については、抄出にふさわしい形に改めたものがある。

文　鎮

文鎮は気に入ってよく買うという。パソコンに向かって資料を入力する際に重宝するのだそうな。写真のものは松阪市の「本居宣長記念館」を訪れた際に求めたもの。「志き嶋のやまとごころを人とはば朝日に匂ふ山ざくら花」の歌が彫られている。この他に、山西省に宮柊二の足跡を辿ったおりに汾河《ふんが》の河原で拾った石もあるとのこと。なんでも比重が大きく文鎮に向いているらしい。

高野公彦のお手もと――【文房具】

シャープペンシル（Pentel　グラフギア 500　0.9mm）

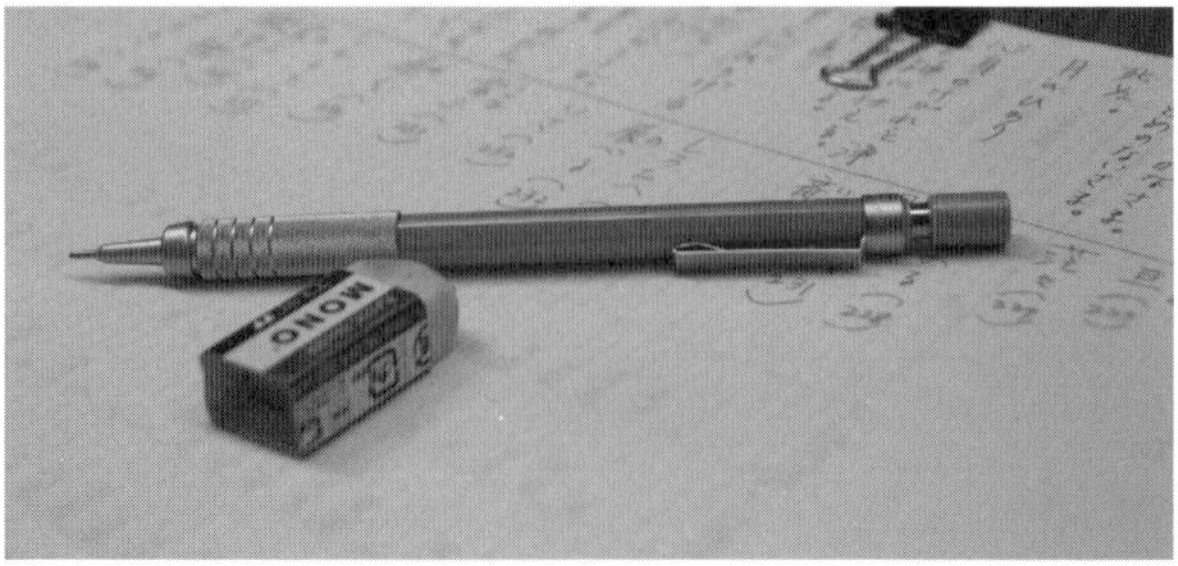

事前に「お気に入りの文房具を用意しておいてください」と伝えていた。ペン先をなんども取り替えた万年筆や高価なボールペンなどをイメージしていたのだが、「これと言ってないんですよね」と取り出してきたのが、ごく普通のシャープペンシルと消しゴム。最近でこそ原稿はパソコンのワープロソフトを使っているとのことだが、やはり手書きの方がしっくりくると話す。それでも0.9mm という極太芯のシャープペンシルを選んでいるところがこだわりなのだろうか。

風いでて波止《はと》の自転車倒れゆけりかなたまばゆき速吸《はやすひ》の海

『水木』

私は愛媛県の海辺の町に生まれ、海を見ながら育つた。私の中に二つの海がある。一つは長浜町の海、もう一つは八幡浜市の海である。

長浜は生まれ育つた町で、瀬戸内海に面した港町である。このあたりの海は伊予灘と呼ばれるが、灘とはいへ静かな海である。遠い沖合に青島といふ小さな有人の島が浮かんでゐる。

八幡浜は、母の生れた町である。母の実家は自転車屋だつた。祭りの日など、私は母に連れられ、日帰りで八幡浜へ遊びに行つた。大きな漁港があつた。沖は宇和海である。小学六年の遠足で九州の別府に行つた時、客船でこの海を渡つた。かなり揺れて恐かつたことを覚えてゐる。のち大学生になつて古事記を読み、あの波の荒い海峡が大昔「速吸の門《と》」と呼ばれてゐたことを知つた。

この歌は八幡浜の港を思ひ出して詠んだものだが、波止（突堤）に自転車があるのはむしろ長浜でよく見かけた風景である。速吸といふ言葉に惹かれ、心に浮かんだ情景を詠んだ歌である。

白き霧ながるる夜の草の園に自転車はほそきつばさ濡れたり

『汽水の光』

公園があり、誰かが置いていつた自転車がぽつんとある。夜が更けて霧が流れ、車体が濡れて光つてゐる。

どこで見た風景なのか、全く覚えてゐない。たぶん幾つかの記憶を寄せ集めて詠んだ歌であらう。〈見た風景〉ではなく、〈見たい風景〉を詠んだ、といへるかもしれない。

この歌のポイントは「つばさ」である。私には、その自転車が夜空に向かつて飛び立たうとしてゐるやうに感じられたのである。あとで考へると、「ほそきつばさ」に該当するのはハンドルであることに気づいた。しかし、歌を作つた時はそんなことは考へてゐなかつた。ただ、飛び立つ気配を「つばさ」で現はしただけである。あくまでも直感で詠んだ歌である。

三句「草の園に」は字余りになつてゐる。これを「公園に」とすれば定型になる。だがそれでは歌が単調になり、リズムの面でも生動感が無くなる。草といふイメージを出し、かつ字余りにしたのが良かつたと思つてゐる。

ふかぶかとあげひばり容れ淡青《たんじやう》の空は暗きまで光の器

『淡青』

昭和五三年春、市川市市川二丁目から同市内の行徳地区へ引つ越した。市川二丁目は国府台の麓で、古代から人が住んでゐた古い住宅地である。近くに弘法寺や真間の手児奈堂などがあつた。

行徳はそれより歴史は浅いが、江戸期に塩田の町として栄えた。里見八犬伝に登場したり、ひところ宮本武蔵が住んだり、また松芭蕉が鹿島詣のとき通過した町である。昭和になつて寂れたが、塩田跡の広大な埋立地は、地下鉄東西線が開通してから東京のベッドタウンとして俄然活気づいた。塩田だつたことを記念して、私の居住区は塩焼といふ地名になつてゐる。

埋立地にマンションがニョキニョキと建つた。ただ私が越してきたころは、まだあちこちに空地があつた。天高く雲雀が鳴いてゐた。休日に散歩をしてゐると、空地から雲雀が飛び立つた。近寄つて見ると、雲雀の巣があり、二羽の雛が口を開けた。急いでカメラを持つてきて撮影した。今その写真を見ると、裏に「昭和五三年五月二八日、塩焼五丁目の野原にて」と記録してある。

我を生みし母の骨片冷えをらむとほき一墓下一《いちぼかいち》
壺中《こちゅう》にて

『天泣』

母は明治四四年に八幡浜市で生まれ、昭和六〇年に没した。旧姓は三好カネ子、実家は自転車屋だつた。高等小学校を卒業し、地元の電話局に勤めたらしい。母のことを少し知つてゐる地元のコスモス会員・菊池初美さんが「カネ子はんは、紫の袴をはいて勤めよんなはつた」と思ひ出を語つてくれたことがある。

父と見合ひ結婚をした。母の話によれば、見合ひはごく簡単なもので、日時を決め、父が三好自転車店に懐中電灯の電池を買ひに来る。すると奥から母が出てきて電池を渡す、といふそれだけのものだつた。結婚して長浜町に住んだ。子供を三人生んだが、長女は五歳で夭死した。母はいつも和服で、白い割烹着を着てゐた。まじめに主婦業をこなして、時をり火鉢のそばに坐り、刻み煙草を吸つてゐた。晩年は肝硬変のため長い入院生活を送つた。

長浜町の背後の山の取つ付きに墓地があり、母はそこに眠つてゐる。自転車屋の娘だったが、自転車に乗れなかった。その平凡だつた一生に、私は親しみと敬愛の念が湧く。

水苑《すいゑん》のあやめの群れは真しづかに我を癒して我を拒めり

『水苑』

平成一〇年六月、初めて明治神宮御苑へ行き、あやめの花を観賞した。御苑に入つて樹々の間の道をしばらく歩くと、池に出た。睡蓮の花が咲き、鯉がたくさん泳いでゐる。

さらに奥に入ると、ゆるやかな傾斜地に菖蒲田があり、明るい日差しのもとに多種多彩なあやめが咲いてゐる。原宿駅からさほど遠くない場所であるが、ここは山手線の電車の音がかすかに届くだけの静寂な空間である。菖蒲田には約一五〇種、一五〇〇株のあやめがあるといふ。一つ一つに名札が付けられ、優雅な名が記されてゐる。それを頼りに「菖蒲田を流水くだるやはらかきひびきの中に汐煙《しほけむり》咲く」「電車音かすかにとどく水の苑に五節舞《ごせちのまひ》といふ名のあやめ」などの歌を詠んだ。

あやめの花は、優しく私の心を癒してくれた。同時にそれは、異種の生き物として、私を冷たく拒んでゐるやうに見えた。葉の緑が目に沁みるやうに美しかつた。水苑といふ語は広辞苑に載つてゐないが、菖蒲田のあたりを現はす言葉として考案した。

高野公彦アルバム

▲祖母、母（カネ子）、妹（清子）と。

▲故郷、愛媛県長浜町（現・大洲市）にて。（昭和 36 年）

▲故郷にて。父（秀雄）、叔母（久恵）、妹と。（昭和 63 年ごろ）

▲昭和 44 年、小野茂樹宅を訪ねて。左から小野雅子・長女（綾子）、高野・長女（なおい）と妻（明子）と。（撮影、小野茂樹）

▲ＮＨＫ教育テレビ「ＮＨＫ歌壇」のスタッフと。前列左からゲストの玉井清弘、高野、司会の栗木京子。（平成 14 年）

▲城崎にて。（平成 15 年ごろ）

▲韓国・プサンにて。（平成 17 年）

▲鎌倉にて津金夫妻と。（平成 14 年）

▲黒川能の里（山形県櫛引町）にて。左から馬場あき子、永田和宏、佐佐木幸綱、高野。（平成 17 年）

高野公彦コレクション

歌人日乗――昭和五八年

高野公彦

十一月二十八日（日）　夜、四国の父より電話。入院中の母、具合悪しと。

十一月二十九日（月）　急いで帰郷。朝七時半に家を出て、伊予長浜に夜八時半すぎ着。すぐ米川医院へ。母は、やや持ち直した様子。付き添ひの妹の話では、また腹水がたまり始め、一昨日は一時意識不明になつたといふ。母は肝臓障害で一年前から病院生活を送つてゐるが、年が年だから（七十一歳）、体力的にも相当消耗してゐるのだらう。顔色が悪く、目のふちが黧ばんで、唇が荒れてゐる。妹は、ここでは充分な治療が受けられないので、松山の国立病院へ、ベッドがあき次第、母を移すことにしてゐるのだといふ。

十一月三十日（火）　国立病院より、ベッドがあいたので明日入院せよ、との連絡が入る。母、昨夜よりは少し元気。

十二月一日（水）　午前中、国立病院へ母を移す。五一二号室。今年の夏まで、母はこの病院に入つてゐた。妹と、妹の旦那さんにあとを託し、午後四時半、松山駅から汽車で高松へ。宇高連絡船で海を渡り、宇野から寝台特急「瀬戸」で東京へ。

十二月二日（木） 朝七時、東京駅着。会社へ行くには早すぎるので、家に帰る。遅れてゐた小さな原稿（読売新聞）を書く。

十二月三日（金） 夜、六時より内幸町の日本プレスセンターホールで短歌研究賞・同新人賞の授賞式。受賞者は、私と河野愛子氏と大塚寅彦氏の三名。思ひがけず、宮先生が夫人に付き添はれて会場に見えた。嬉しかつた。

十二月四日（土） 午後一時半より二時間、池袋の東京文化センターで短歌教室の授業。前半は秀歌鑑賞（今日は伏見天皇の歌）、後半は受講生の作品に対する批評・添削。或る機縁で、昨年秋から毎月二回ここで授業をしてゐる。夜、四国の妹に電話し、母の様子を聞く。その後悪くはなつてゐないらしい。

十二月五日（日） ラグビーの早明戦をテレビで観る。前半は五分五分だつたが、後半は早大が圧倒。結局23対6で早大が勝つ。例年、バックスの力は早大が上、しかも今年はFWも明大を押してゐた。明大はフッカー藤田の負傷欠場が大きくひびいたらしい。私は明大を応援したが。

十二月六日（月） 今日は非常に寒い。今までが暖かすぎたのだ。出勤はいつもバイクだが、今日は寒さが身にしみる。手もとに『淡青』が無くなつたので、夜、雁書館に立寄つて二十冊購入。

十二月七日（火） 「文芸」一月号の江藤淳の文章を読む。丸谷才一の話題の小説『裏声で歌へ君が代』に対する強い批判である。読んで面白いけれども、丸谷憎しと思ふ余り（?）、作品以外のことを書きすぎてゐる。もつとも、これはまだ連載の第一回目、本当の批判は来月号からであらう。

十二月八日（水） 特に何もなし。会社ではずつと『現代俳句集成』の仕事。全十九冊のうち、すでに十四冊刊行したが、大変なのはこれからである。ほかに、この集成の付録「難訓季語音引《おんびき》表」といふ小さな字引を今つくつてゐる。例へば《海雲》といふ季語があるが、これを何と訓むか、歳時記や普通の辞書では調べることができない。

　こんな場合、「難訓季語音引表」で《カイウン》といふ所を引けば《もづく》といふ訓みとその語の簡単な説明が出てゐる、といふ仕掛である。便利で面白い小辞典、とひそかに自負してゐるが、あまり一般の目に触れないのが残念。

十二月十日（金）　夜、宮先生のお宅にあるコスモス編集室で、編集会。葛原氏、武田氏他、数名が集まる。議題は、来年のコスモス創刊三十周年記念行事のことなど。途中、宮先生も顔を出される。

十二月十一日（土）　関東大学ラグビーの交流試合を見に、秩父宮ラグビー場へ行く。やはりナマは迫力がある。第一試合は慶大—法大、第二試合は専大—日体大。第一試合は慶大が順当勝ち。第二試合は、前半15点リードした専大がそのまま楽勝するかと思つたが、日体大が後半追ひついて引分け。（翌日、抽選で日体大が勝つて、大学選手権の出場権を得る。専大にとつては悪夢のやうな一戦だつただらう。）

十二月十二日（日）　近くの川原に行つて、ＤＴ２５０に乗る。オフロード、特に林道を走るのに適したバイクだが、２サイクル２５０ccエンジンの馬力《パワー》はかなり強烈、また車体は大柄で高く、私にはこれを乗りこなすテクニックがない。ときたま川原で《オフロード走行》の気分を味はふ程度。通勤には、ＧＳＸ２５０、ジエンマ１２５、ウルフ９０などを使ふ。いい年をして、と思ふが、なかなかバイクをやめられない。現在8台所有、すべて国産の安いバイク。

十二月十三日（月）　テレビの「夜のヒットスタジオ」で、フリオ・イグレシアスの歌を聴く。素晴しい声だ。

十二月十五日（水）　飯田橋の喫茶店で、Ｇケイオスの読書会。テキストは、講談社文庫『現代短編名作選』第6巻。出席、奥村・加藤・渡部・高野・中谷・影山・正古・仲・石川。メンバーは時に変動するが、二十年近く続いてゐる読書会である。

会が終つたあと、飲み屋で忘年会。

十二月十七日（金） 夜、中西進先生宅に電話。コスモス連載の御原稿の件。

十二月十八日（土） 池袋の東京文化センター短歌教室。秀歌鑑賞で、小池光歌集『廃駅』の中から、「おびただしき鶴の死体を折る妻のうしろに紅《べに》の月は来りき」「夕闇の夕波よせてつぎつぎにあぢさゐしづむ海の校庭」など8首を選んで、紹介する。受講生は年輩の人が多いが、思つた以上に好評だつた。こんな奇妙な歌は読んだことがないが、面白い——そんな声が多かった。

十二月十九日（日） 市ケ谷の私学会館で、コスモスの合同歌集出版記念会。つづいて懇親会。そのあと、……メロメロ。

十二月二十二日（水） 東大へ。『藤原定家全歌集』上巻の再校ゲラを久保田淳先生に届ける。

十二月二十三日（木） 夜、会社の忘年会。新宿「吾作」にて。全員一曲づつ歌をうたはされ、私は「津軽海峡冬景色」を。今年は、わが《厄年》。あと一週間、ああ早く逝け、昭和五十七年！


（「短歌現代」83・2月号）

他人の《時間》

高野公彦

麺類が好きである。一年三六五日、朝食はほとんど麺である。だいたい五月ごろから十月ごろまでは冷やしソーメン、寒くなるとウドン。これを飽きずに食べてゐる。昼はときどきラーメンを食べる。あまり世間には知られてゐないが、私の本名は「メンスキー・タカノビッチ・キミヒコフ」なのである。

ところで、街のラーメン屋に入ると、いやなことが一つある。ラーメンをすする音。あれが不快である。見てゐると十人のうち五、六人は大きな音を立ててすすつてゐる。ソバ屋でも似たやうなものだ。

世の中が資本主義であらうと共産主義にならうと、私は生きて行ける。だが、麺をすする音は我慢できない。私は、さういふ人間である。つまり、思想的人間ではなく、感覚的人間である。私は五感（視覚・聴覚・嗅覚・味覚・触覚）のうち特に聴覚が過敏で、日ごろからさまざまな音に悩まされてゐる。電車の中でクチャクチャとガムを噛む音、ウオークマンから漏れる音。飲み屋で騒ぐ酔つ払ひの声。あるいはマンションの上階でピアノをひく音、近所で犬が吠える声、暴走族のヒステリックな爆音、などなど。

静かにしてくれ、傍若無人な音を立てないでくれ。私は心のなかで、そのやうな悲鳴にも似た声を上げながら日々を生きてゐる。

といつた感じの感覚的人間である私だが、素朴な思想と言つていいかもしれない考へを一つだけ持つてゐる。

「死にたくない人を殺してはいけない」

これである。私の中には、思想と呼ぶべきものはこれしかない。人を殺すことは、その人の《持ち時間》を奪ふことだ。それは、まがふことなく悪である。人の《時間》を奪ふことも、それを傷つけることも、絶対してはならない。かう考へると、私の中に葛藤が生まれる。私は人の《時間》を奪つたことはないけれど、はたして人の《時間》を傷つけたことはないだらうか、と。


（「短歌研究」96・5月号）

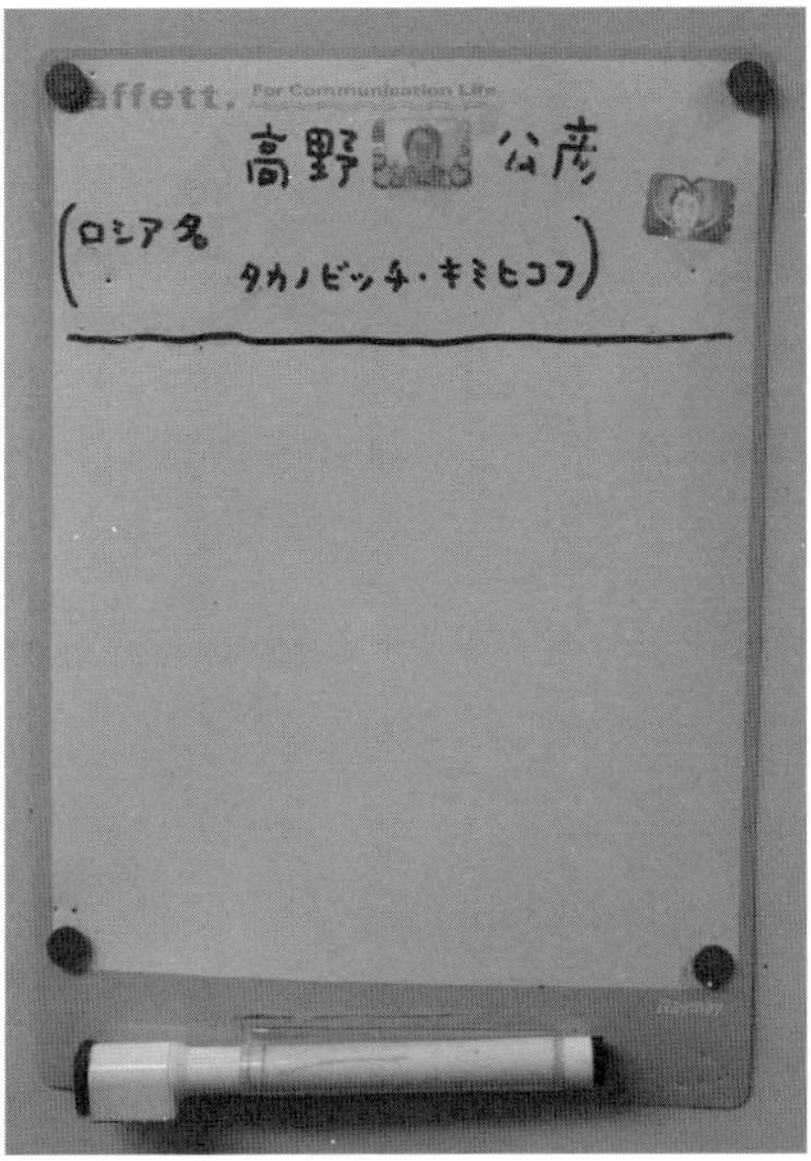

▶研究室の扉に貼ってあるホワイトボード

白紙の心

高野公彦

短歌にながく関はつてゐると、いつのまにか自分が日本国短歌県短歌郡短歌村大字短歌の住人になつてしまひ、一般人の存在を忘れがちになる。そしてたまに、一般の人が短歌を一句と数へたり一個と数へたりするのに出会つて仰天する。或いは「あなたはワカ（和歌）を作られるさうですね」と言はれ、ガクゼンとするのである。

一般の人、つまりフツウの人は、おそらく短歌などに関心がない。だから、短歌と俳句の違ひを知らない人も多いし、ましてや和歌と短歌の区別など全く知らない。

でも、人が短歌のことを知らなくても、まあ仕方がないではないか。なぜなら自分も他のジャンルのことは何も知らないのだから、と私は思ふ。

たとへば、八百屋さんは野菜・果物の専門家であり、能楽師は能の専門家であり、歌人は短歌の専門家である。それだけでいい。能楽師は野菜のことを知らなくて構はない。歌人は能に無知であっても構はないし、八百屋さんは短歌の夕の字も知らなくていい。

とすれば、私たちは「短歌村大字短歌の住人」であっていい、といふことになる筈だ。しかし、いや待てよ、どこか論理の筋道が少し違ふのではないか、と私は心にかすかな迷ひが生じる。

清水《きよみづ》へ祇園《ぎをん》をよぎる桜月夜《さくらづきよ》こよひ逢《あ》ふ人
みなうつくしき
やは肌《はだ》のあつき血潮にふれも見でさびしか
らずや道を説く君

たとへ短歌に無関心であつても、与謝野晶子といふ名前や『みだれ髪』といふ歌集のことは、かなり多くの人が知つてゐる。のみならず、右のやうな歌なら記憶してゐる人も少なからずゐるだらう。

はたらけどはたらけど猶《なほ》わが生活《くらし》楽になら
ざりぢつと手を見る
白鳥は哀しからずや空の青海のあをにも染
まずただよふ

石川啄木や若山牧水の名も、広く知られてゐる。たぶん八百屋さんも能楽師も、これらの歌は知つてゐるのではなからうか。(啄木の歌は、原作は三行表記。)

みだれごこちまどひごこちぞ頻《しきり》なる百合ふ
む神に乳おほひあへず　a
筆硯《すずり》煙草を子等は棺に入る名のりがたか
り我れを愛《め》できと　b
真白《ましろ》なる大根の根の肥ゆる頃うまれてやが
て死にし児のあり　c
昼は菜をあらひて夜《よる》はみみづからをみな子
ひたる渓《たに》ばたの湯に　d

さて、これらの歌になると、どうか。もう一般の人は、いつたい誰の歌なのか、ほとんど分からないだらう。歌を作つてゐる人の中でも、知らない人がゐるに違ひない。でも、私は、どの歌も好きである。(念のために言へば、作者はab与謝野晶子、c石川啄木、d若山牧水。)

誰でも名前を知つてゐるやうな有名歌人の場合でも、その全ての歌がフツウの人に受け入れられるとは限らない。

私の考へを大まかに述べれば、人々に記憶され親しまれる愛誦歌は、分かりやすいといふことが第一の条件である。第二の条件は、作者の生活背景をよく知らなくても(つまり作者と切り離しても)その歌を読んで味はふことができる、といふ内容になつてゐることである。右のabcdの歌は、この第二条件を充分に満たしてゐないと考へられる。第一条件と第二条件を満たしたものが、愛誦歌となるのである。

　私たち「短歌村大字短歌の住人」は、狭い村の中だから歌に表現されてゐない事柄も知つてゐて、その知識が歌を読むときに働く。さうすると、表現されてゐないことまで勝手に読み取つて、難解な歌をいいかげんに理解したり、また、つまらない歌を過大評価したりする。一般人はそれが出来ないし、それをしない。この「それをしない」といふ意識が私たちには大事である。歌人は、自他の歌に対する時、いつも《一般人の眼》を保持する必要があるだらう。《一般人の眼》とは、また《白紙の心》と言ひかへてもいい。

　さて話は飛んで、賞について一言。

　世の中には、さまざまな文学賞がある。とくに小説に限つてみても、芥川賞、直木賞、菊池寛賞、読売文学賞、山本周五郎賞、野間文芸賞、谷崎潤一郎賞、吉川英治文学賞、日本ＳＦ大賞その他、じつに多くの賞がある。短歌関係では、右の読売文学賞のほか、

「現代歌人協会賞、角川短歌賞、現代短歌大賞、迢空賞、短歌研究賞、短歌研究新人賞、現代短歌評論賞、日本歌人クラブ賞、短歌現代歌人賞、短歌現代新人賞、斎藤茂吉短歌文学賞、河野愛子賞、歌壇賞、詩歌文学館賞」などがある。（数年前の文学年鑑による。）

　応募作による賞もあり、黙つてゐて歌集に与へられる賞もある。中には、功労賞のやうなものもあるのかもしれない。小説に比べると、賞が少ないことが分かる。たぶん小説よりも短歌の方が、需要（読者）が少ない事実をこれは物語るものだらう。小説は読む人が多く、短歌は作る人が多いのだ。

　右に出てゐない賞で、若山牧水賞といふのが新設され、ことし第一回の賞を私がいただいた。今まで七、八冊の歌集を出してゐるけれど、今回が初めての受賞である。賞は貰つてみると、やはり嬉しいものである。どんなふうに嬉しいかと言へば、これまで私の歌集を買つて読んでくださつた人々に少し顔向けが出来た、といふやうな嬉しさである。

　それはそれとして、賞を貰つて気が付いたこ

とがある。漱石や鷗外や芥川など優れた文学者たちが、賞などと全く無関係だつたことである。それは当時、賞といふものが無かつたから、と言へばそれまでである。しかし、たとへ賞があつたとしても彼らが受賞したかどうか分からない。賞を貰つても貰はなくても、いいものはいい。それだけのことだ。では「いいものはいい」といふ判断は誰がくだしたか。その判断こそ、ほかでもない《一般人の眼》がくだしたのである。

賞は、実力が半分、あとの半分は時の運とか人間関係によるところがある、と私は思つてゐる。いい歌集を出してゐるのに賞に恵まれない人、或いは大した歌集でもないのに受賞する人、など、世の中はチグハグなところがある。さう感じてゐる人が、少なからずゐるだらう。しかし、気にすることはない。私たちは《白紙の心》で作品を読めばいいのだ。読むべきなのだ。

（「現代短歌　雁」97・3月号）

「コスモス」の系譜

高野公彦

　与へられたテーマは、「師系を語る」である。私の師は宮柊二であり、私は宮先生が創刊した「コスモス」で学んだ。従つて「師系を語る」ことは、私にとつて宮先生と「コスモス」について語ることである。

　昭和二十八年三月、宮柊二を中心とする雑誌「コスモス」が創刊された。前年十二月、多磨が終刊したあと、多磨系の歌誌が幾つか生まれたが、「コスモス」もその中の一つである。

　創刊号の出詠者は丁度三百名。その多くが旧多磨会員である。つまり、「コスモス」は北原白秋の流れを汲む集団である。雑誌の表紙には「宮柊二編集」と記されてをり、「主宰」となつてゐないのが注目される。師弟とか門下とかいつた古い体制を廃したい、といふ方針であらう。

　「コスモス」創刊十周年記念号（昭38・3）に「コスモス発起人座談会」が載つてゐるが、出席メンバーは柊二のほか、野村清・鈴木英夫・片岡恒信・今村寛・三木あや・滝口英子である。この「発起人」たちが「コスモス」結成を推進した主要メンバーであらう。全て多磨の時から交流のあつた人で、年齢もおほよそ柊二に近い。このほか初井しづ枝・酒井広治など、柊二にとつて多磨の先輩にあたる歌人も、同行者として「コスモス」に参加した。

創刊号には、社外から釈迢空・山本健吉らも寄稿してゐる。「コスモス」は白秋系の雑誌であるが、いくらか迢空寄りの血脈を持つてゐたのである。

さて、創刊号に「みづからの生の証明を」と題する短文が載つてゐる。無署名だが、柊二の書いた文である。その前半を引かう。

《われわれは作品によつてみづからの生を証明したいと思ひます。

われわれは内と外とにおける時間の推移を作品から遁さないと共に、また現在が抱いてゐる筈の永遠質をも注目して把へたいと思ひます。

更に加へますならば、われわれがいかなる時代の生命者であるかを、作品発想の基底において自覚してゐたいとおもひます。》

以下割愛するが、ここで柊二は時間及び生命のことを述べてゐる。私なりに敷衍すれば、柊二は「世の中は時間の流れの中で移り変はる部分と、変はらぬ部分があり、その両方を見つめてゆくべきだ。また、歌は命をうたふものだが、その命も時代と無縁な存在ではない」といふことを示唆してゐる。

冒頭の《作品によつてみづからの生を証明したい》云々には、うたはなければ自分の生の痕跡は何も残らないといふ考へが根底にあるが、見方によつては、うたふことによつて自分の生を証明できるといふニュアンスもある。これは、会員への励ましの役目を帯びた言葉でもあつただらう。

あはあはと陽当る午後の灰皿にただ一つ煙《けむ》を上ぐる吸殻

根づきこし挿木見下し立ちてをりわが心かすかに奮ひ起たむとす

蠟燭の長き炎のかがやきて揺れたるごとき若き代《よ》過ぎぬ

腕相撲われに勝ちたる子の言ふを聞けば啼きをり藪の梟

この四首が創刊号の柊二の歌である。美しいものよりも現実的なものを追求する姿勢が見える。ただ、三首目は自分の歩いてきた道をややロマンチックに歌ひ上げた抒情歌である。割愛したけれど、「みづからの生の証明を」の中にある《われわれは抒情詩である短歌がすべてを表現し得るとは確信して居りませんが、その限界がどこにあるかを発見したいとする勇気をまた放棄しないでせう》の部分と対応するやうな歌といへる。

この四首と、多磨創刊号の白秋の歌を比べてみると、歌風の違ひがよく分かる。

牡丹花に車ひびかふ春まひる風塵のなかにわれも思はむ

春昼《しゆんちう》の雨ふりこぼす薄ら雲ややありて明る牡丹の花びら

牡丹園人まれにゐて凪ふかし奥なる花の香ぞ立ちにける

春日向牡丹香を吐き豊かなり土にはつづく行きあひの蟻

ここには、美や香気などを追求する姿勢が濃厚である。白秋は多磨創刊号から「多磨綱領」といふ歌論を連載したが、主張するところを要約すれば「短歌は詩であり、詩の基底には浪曼精神が必要である。『多磨』は、その精神を取り戻して象徴詩運動を推進し、新しい昭和の幽玄体短歌を創り出す」といふことであらう。

かうした白秋の考へから、かなり隔たつた地点に柊二は立つてゐる。戦争をくぐり抜けたことが柊二の短歌観を大きく変へたためだが、その素地として、初期から柊二には現実凝視の姿勢が強くあつた。そのことは、多磨創刊号の歌、「目にまもりただに坐《ゐ》るなり仕事場にたまる胡粉の白き塵の層《かさ》」などから明白である。

柊二は情熱を傾けてコスモスといふ集団を育て、そこから多くの新人が頭角を現した。柊二自身の書いた《「コスモス」この十年》といふ文章に、コスモス主要歌人の作が引用されてゐるので、それを掲げよう。

高架駅の下の夜の路地に子ら唄ふ「子をとろ子とろ花一匁目」　葛原　繁

生活に面《おも》伏すごとく日日経《へ》つつセルジュリファールの踊りも過ぎむ　田谷　鋭

金にては幸福は齎《もたら》されぬといふならばその金をここに差し出し給へ　安立スハル

あかがねの如くかがやき消えゆけり長く吊

せし簾を燃せば　　川辺古一

ただ一度生れ来しなり「さくらさくら」歌ふベラフォンテも我も悲しき　　島田修二

これらの人は柊二のもとで成長した作者たちの一部であるが、白秋の歌風から大きく離れ、宮柊二短歌の或る部分（あるいはその周辺）に近づいてゐる。これより若い世代の歌を少し挙げよう。

しゆわしゆわと馬が尾を振る馬として在る寂しさに耐ふる如くに　　杜沢光一郎

干魚カンピンタンの唄うたふ国はも恋ほし汝が生ひし国　　柏崎驍二

次々に走り過ぎ行く自動車の運転する人みな前を向く　　奥村晃作

コスモスの選者として柊二が良しとした歌はこのやうに幅がある。柔軟な心で新しい歌を育ててゆかうといふ姿勢を、柊二は持ちつづけてゐた。以後、もつと若い世代が更に多様な歌の世界を切り開いてゆく。コスモスの歌風は、いつたん白秋から遠ざかつたが、近年、再びワープして美的な世界に戻らうとする気配が一部の作者にあり、また極端にフィジカルな歌を詠む作者もゐる。柊二の考へが、さうした種々の歌をかかへた大きな河の流れを生んだのだらう。

（「短歌四季」夏号01・5月）

論考
高野公彦を考える

ものにいのちを

柏崎驍二　Kashiwazaki Kyouji

高野公彦は私と同年の生まれであり、コスモスに入会したのもほぼ同じころである。もう二十五年間ぐらいも彼の歌を見てきたことになる。初期のころの歌は、どこかに南国の明るい光をちりばめながらも、閉ざされた青春のかなしみを感じさせるようなものであった。そして時に、どこかわかりにくいところのある歌を作ったりもしていた。わからないというのではない。何を考えているんだろうなあと思わせるようなわからなさ、歌のうしろの作者の顔つきがわからない、そんな歌を書いたりしていた。

　コスモスの大会で、私の歌の下句が「がほがほとゆく海の群鳥」に、「がほがほは大きい長ぐつを履いたときのことば」などとおもしろいことを言った。あの時が高野に会った最初であると思う。

　地方にいる私にとって、高野に会うことはそう多くはない。会うこともたまにはあるが、たいていは仲間うちで酒を飲み、にぎやかになり、奥村晃作の歌を声高に語って笑ったりして時を過ごす（誤解があっては困るが、奥村の歌をあげつらい難じているのではもちろんない。私たちは彼の歌に大いに親しんでいる。「非凡より凡は大《だい》ならむ愚直なるただごと歌が〈聖〉を帯びゆく」、これは最近の高野の歌である。念のため）。

　彼は近ごろ体調を崩し、自分では〈女時《めどき》〉などと呼びながらも、精神は強く健全である。

＊

「歌壇」昭和六十二年七月号、シリーズ〈今日の作家〉で高野は「天の凹」二十首を発表した。その中の一首。

さみしき夜ことばモザイクして遊ぶやまとのとまやとりこのことり

「さみしき夜」という言い出しがどこか少女っぽいが、それが結句「とりこのことり」と息が合っているところ、ソツがない。

私は以前、高野について書いた文章（「短歌」54年5月号）の中に、彼の書いた次の文章を引用した。

自分のたましいを高揚させるような言葉をアト・ランダムに思い浮べ、その中から適当に選ぶ。選ばれた言葉の刺激によって私の「生活」の断片が浮び上がってくる。もし一期一会という表現を用いるなら、私はそのとき初めて一期一会といえるような出会いをするのだ。（「短歌」49年3月号、「わが歌の秘密」）

先の一首はこの文章の実践のような歌である。日常における経験（認識）を基に歌を書く人の多いことを考えると、高野の行き方はその逆である。言葉が「生活」の断片、つまり日常を呼ぶのである。このあたりは、「詩」の成立について根源的な問題を含むところである。

さて、言葉を選び、そこから生まれる「一期一会」なるものは何か。高野には、「ことば」の語を直接に用いた歌が何首かあるが、いまその中から三首をあげる。

ことば、野にほろびてしづかなる秋を藁うつくしく陽に乾きたり　『汽水の光』

しづかなることばをつつみ白桃と我れ相対ふもの冷ゆる夜半　『淡青』

沈黙に耐へざるいのち刻々にことばは萌《きざ》す寒しことばは　同

ことばのほろんだ野、そこには藁が日に乾いているばかりで人間の気配が感じられない。静かなことばをつつんで対している、白桃とわれ。それは白桃のいのちとわれのいのち。沈黙の中から生まれてくることば。それは「いのち」を備えたものに他ならない。

性急かつ粗い言い方になるが、高野における「ことば」は、いのちを生むもの、いのちを帯びたものということになる。

「選ばれた言葉の刺激によって私の『生活』の断片が浮び上ってくる」、そして「一期一会の出会いをする」というのは、「いのちを備えたわれと、いのちを備えた他のものとの出会い」と言ってよい。

ことばを選ばなければものとの出会いはない。高野はことばによってものにいのちを与え、一期一会の出会いを期する。もろもろに等しくいのちを与えて、立体的に生命空間を構築しようとする。

＊

鳥は巣に、ひかりは闇にかへりゆき紺のゆふぞら
旗そよぎをり

『汽水の光』中、「旗」と題する九首中冒頭の歌である。物象の羅列のように見える歌だが、鳥とひかりと旗が、それぞれにいのちを備えて己の領域を得て生動している。鳥がいのちを備えたものであることはだれも疑わない。ひかりはそれほど明確でないが、過ぎゆくものとして「いのち」の感じがないでもない。旗はどうか。一般にはいのちというものがまず感じられない。

ここで高野は、鳥、ひかり、旗と、次第にいのちの範囲を拡大して、ついにすべてに均等なるいのちを分け与えているように見える。この一連の最後が次の歌である。

旗よわが心のごとし星冷ゆる夜のおほぞらにはた
たきやまず

「心のごとし」と言っている分だけ弱いところがあるが、旗をわが心に重ねて見ようとしているのであり、いのちの感じを旗に与えたい作者の気持に変わりはない。「わが心が旗のように」と述べるのはやさしい。旗を主体において「旗がわが心のように」と述べるのはそうやさしいことではない。この、「ものに等しくいのちを与える」という態度は『淡青』において最も著しくあらわれていると私は思うが、その出発は『汽水の光』の後半、つまり先の「旗」のあたりにある。

「旗」の以後の歌をあげる。

石臼のうへに過ぎにし数かぎりなき昼と夜のかな
た、蟬啼く

天ふかく陽の道ありぬあぢさゐの露けき青の花群
のうへ

石中にとはに鎖《さ》さるる花ありと思ほゆるまで月し
ろく差す

精霊ばつた草にのぼりて乾きたる乾坤《けんこん》を白き日が
わたりをり

街上《がいじやう》の焚火にあした人あらずしづかなるかなや
火をぬらす雨

心を鎮めて読むと、ここに詠みこまれた自然界の物象、石臼や蟬、陽やあじさい、石中の花や月、精霊ばったや白き日、街上の焚火や雨、それらがみないのちあるもの（ひんやりしたいのちだけれど）として均衡した美しさを保ち、天地の間に存在していることがわ

かる。さらに進んで、『淡青』になると次のような歌をあげることができる。

暗き眸《め》をひらきて夜の水ありぬ雲をひろぐる疾《と》き風の下

ひしひしと夜天を移る星群のひかりに耐へて黒き丘あり

泥ふかく夜も蓮の根は太るべし上空を渡る白き綿雲

ひかりより濃きものは無しはくれんの花咲ける上《へ》に光鳴り出づ

水をわたり花に近づく蟻のあり時間《とき》かけて濃くなりゆくいのち

いちじくの葉がくれにゐるをさな実に雲の扉《と》あけて日が覗きたり

先に引用した『汽水の光』の五首よりもさらに明確に「もののいのち」を表出している。「暗き眸をひらきて夜の水ありぬ」、「ひかりに耐へて黒き丘あり」、「光鳴り出づ」、「蟻のあり時間かけて濃くなりゆくいのち」、「日が覗きたり」という具合である。学校ではこういうのを比喩とか擬人法とか言うが、そういうものではなく、ものをその行為や生命の積極性の上にとらえようとしているだけである。

先の『汽水の光』の歌で私は、「心を鎮めて読むと」そのいのちの感じがわかると言ったが、ここにくるともはやその必要はない。水、雲、星、丘、蓮、光、蟻、いちじく、日、そのようなものに、より積極的にいのちを与えている。

さらに比較上から言えば、『汽水の光』における先に引用した歌は、ものに等しくいのちを与えてはいるが、その世界は人間から遠いところに——白い天地の間に——静かにいのちを保っている。人間の側から言えば死の匂いさえ感じられるものである。

それに比べるとこれら『淡青』の歌は、もののいのちに動きがあり、あるときは明るくあるときは暗く息づいている。

高野は以前よく、意識の暗い部分を詠む作家ということを言われた。私もそのようなことを書いたことがある。それは、歌集で言えば『水木』の終わりに近く「牛、馬、ひつじ、象、駱駝などから見られてゐる人」という長い題のついた一連、それに続く「人体」の一連のあたりから出発している。たとえば、「飛込台はなれて空《くう》にうかびたるそのたまゆらを暗し裸体は」という歌がある。どこかに死の匂いの暗さがある。だが、もう少し角度を変えて見るなら、この飛込台をはなれた人間は、すでに天地の間に、他のあらゆるものと等しいいのちの保持者にすぎず、自然界の一与件であるということができる。
そういう意識が作者の根底にあるように思われる。そうしているうちに高野の視点は次第に人間を離れてゆき、先の『汽水の光』の歌のような、天地の間にもののいのちを冷たく見出すような歌になっていったのである。なぜそのように移ったかはむずかしい。短歌があまりにも日常的私性に依りすぎていることへの懸念もあるだろう。「詩」は「日常」ではなく、そこから遠いものであるとする思いもあろう。

＊

昭和六十年一月にスタートした「桟橋」は12号になるが、その中から二首。

春光《しゆんくわう》に蜂うかびをりビッグ・バンのはるけき記憶この星は持つ　（No.1）

はがれやすきうす紙のやうな昼の月その下を病者われは歩めり　（No.10）

最近の「天の凹」（「歌壇」62年7月号）の中から二首。

闇のなか年の朝戸《あさど》がぎぎと開くころ酔ひしれてわれは睡りき

ムンク讃

「カール・ヨハン通りの夕べ」時間死にて昼のやうな夜、夜のやうな昼

天地の間にもののいのちを存在せしめるという姿勢は変わっていない。だが、先に引用した歌に比べると、人間（われ）がごく自然に入りこんできている。
そして、ことばの工夫がさらに進み、表現は明晰さを増している。高野はこの点にかなりの注意をはらっている作家である。そういうところから、時に、細部にこだわりすぎるとの評を受けたりもしている。
高野は人の歌を読む場合でも、書かれてあるものはそのまま読もうとする（あたりまえのことだが）、その態度を通そうとする。
「桟橋」の「古典を読む」のシリーズで西行を取りあげた時のことである。

ふるはたの岨《そば》の立つ木にゐる鳩の友呼ぶ声のすごき夕暮

高野の評は次のものである。

「岨」は、崖または急斜面。では「古畑の岨」とは何だろう？「古畑の近くの崖」と読む解（例えば、宮柊二『西行の歌』、後藤重郎『山家集』など）

が普通のようだが、どこから「近く」の意が出てくるのか。私は、「古畑のある急斜面」の意にしか読めないが、そう読んでも、風景は想起しがたい。というように徹底を期すのである。そういう態度が怖い。

　きりきりと人を批判すみづからの痴愚に耐へざる
　折々に我は

このような歌が「桟橋」にあった。高野は真にそう思って書いたかもしれないが、私から見ればやや言いすぎである。「痴愚に耐へざる折に我々は」ぐらいに読んでおこう。

＊

以上書いてきたものの、高野公彦の一面を述べたにすぎない。「天の凹」一連の最後の歌は次のようなものであった。

　暗黒の歌の器である体いかなる歌の出でくるか知
　らず

ひらき直ったような歌だが、「歌の器である」に自負のひびきも感じられる。そう言えば『汽水の光』に次の歌があった。

　もの思ひして揺れやまぬたましひを啓《ひら》く詩あれな
　我みづからに

青年期の歌と壮年期の歌の違いがおもしろいほどに見えている。高野はまたまた彼の新しい歌をひらいてゆくだろう。

（「現代短歌　雁」第6号　雁書館　88）

Profile
かしわざき・きょうじ　1941年生まれ。
歌人。「コスモス」「桟橋」同人。『読書少年』
『四月の鷺』（歌集）など。

論考

高野公彦を考える

高野公彦を流れる河（抄）

櫻井琢巳

SaKurai Takumi

望郷歌へ回帰するもの

高野公彦の望郷の歌は、内部に母のイメージを抱いており、それが彼の都市生活の虚しさの中で旋律をたかめたものであることは、先にもふれた。この望郷の歌が歌集『雨月』に集中的に現われていることに、読者は気づいているにちがいない。それは、病む母への思いを抱き、母の死という、人生の最も悲しい時間の中で制作された歌である。『雨月』における高野の望郷意識は、母の死へ向かって、せきとめられていた思念が一挙に溢れるように溢れていったと言うことができるのではないか。

肝《かん》を病む母とほきかもおほぞらに離々《りり》と膨《ふく》るる冬の白雲　（『雨月』）

雪富士も濃尾の虹も比良の雲もつぎつぎに過去われ西を指す　（同）

あかときに家いでて十二時間後われは坐りぬ病む母の辺《へ》に　（同）

病む母は見ずなりにけり海に光《て》る銀の朝波、金の夕波　（同）

母は我を見てベッドよりあぢさゐの花明りほど笑みたまひけり　（同）

胡桃《くるみ》の実の内にちひさき灯《ひ》をともすごとくに母に点滴つづく　（同）

母が作り我れが食べにし草餅のくさいろ帯びて春の河ゆく　（同）

ここに掲げたのは、一九八二年から八五年にいたる、病む母がテーマとなっている歌である。これらの歌のあとから、八五年三月の母の死と、母を送る歌がくる。わたしはここで、茂吉の「死にたまふ母」との対比において、高野のこれらの歌をどうよんだかを記しておこうと思う。

茂吉の『赤光』の中の、「死にたまふ母」四部作は、極めて構成的な作品である。「其の一」は、白ふじの花の散りはじめた五月を歌った歌を先におき、そのあと「みちのくの母のいのちを一目《ひとめ》見ん一目見んとぞいそぐなりけれ」で、上野駅を立って「灯《ともし》あかき都をいでて」急ぐ旅を歌う。母の病いは、危篤に近いはずである。「其の二」は、母の死を歌う歌でみちている。とりわけ、「死に近き母に添寝《そひね》のしんしんと遠田《とほた》のかはづ天《てん》に聞《きこ》ゆる」と、「のど赤き玄鳥《つばくらめ》ふたつ屋梁《はり》にゐて足乳《たらち》ねの母は死にたまふなり」は、母の臨終を歌った秀作として短歌史に残っている。

「其の三」は、母を送る歌である。楢わか葉が五月の光に照り、ひるがえる。すかんぽの花が終わりに近く、葬り道に散っている。そして、「おきな草口《くち》あかく咲く野の道に光ながれ」る中を、母の柩は進んで行く。火葬場の光景が現われる。「わが母を焼《や》かねばならぬ火を持てり天《あま》つ空《そら》には見るものもなし」。茂吉の悲痛な思いは、ここにきわまる。「其の四」は、母を送った作者が、喪の中で蔵王の高湯温泉に旅して、亡き母を偲ぶ歌である。おそい春の中で木の芽が「みな吹き出《いづ》る山べ」を作者は行く。「笹はらをただかき分けて行きゆけど母を尋ねんわれならなくに」「ほのかにも通草《あけび》の花の散りぬれば山鳩のこゑ現《うつつ》なるかな」。そして「火の山の麓にいづる酸《さん》の温泉《ゆ》に」ひたってかなしみに沈む。これらの歌は、はげしい悲傷と慟哭の時間のあとにきたもので、蔵王の春の自然の形象に自己の思いをのせて歌った追慕のしらべが感動的だ。

茂吉の「死にたまふ母」の構成と内容を概観したところで、本題にもどろう。この茂吉の「死にたまふ母」の「其の三」と「其の四」に対応する、高野公彦の母を送る歌は、どのように歌われたか。

なきがらの母が待つゆゑ朝発《あさだ》ちに曇天を飛ぶ四国を指して

はくれんの花のさかりの自《し》が家にけふ死者として

還りこし母
みどり葉の樒《しきみ》の葉もて亡き母の唇《くち》をぬらせり安らぎたまへ
納棺のため足首をわが持てば母よ芯まで冷えて硬《かた》しも
明治うまれ子を三人《みたり》生み（一人夭死）粗食なりき一生《ひとよ》旅をせざりき
炉の裏の暗がりに来て母を焼く火を手に持てりさやうなら母よ
我を生《な》しし母の骨盤世に在らず連翹咲けりその黄の火花
新墓《にひはか》の母に会ふべく山裾のゐんどうの白き花のわき行く

『雨月』の中の連作「樒の葉」二十八首の中から引いた。茂吉の「死にたまふ母　其の三」に対応する歌である。この連作のほかに、母の一周忌を歌った歌や、亡き母を偲ぶ歌が『水行』や『地中銀河』の中にもある。例えば、『地中銀河』の一九九一年の作品に「冬枯の木ぬれに来鳴く腹しろき一つ鶫《つぐみ》よ　母にあらずや」がある。九三年の作品「昏睡の石」では「命日、三月二十三日」という詞書《ことばがき》の次に、「鳩の羽春の彼岸の地をまろび無量《むりやう》の死者のなかのわが母」など六首を数えることができる。これらは茂吉の「死にたまふ母　其の四」に対応する歌で、亡き母への思いが高野の望郷意識を深いところで支配しはじめたことがわかる。

　われわれはここで、高野の望郷意識が都市生活の虚しさの中から出発したことに留意しなければならない。「巨大なる無人区となり夜半のビルひえびえと自照灯《じせうとう》を点せり」（『淡青』）や、「鍵かけてマンションを出づ扉《と》の内は一日《ひとひ》星の棲む暗さなるべし」（『雨月』）など、都市生活の虚しさの歌は、この歌人のどの歌集にも見出される。その虚しさといたみをいやす遠い城として、高野の望郷の歌は存在しつづけるようだ。

　母の死を歌った高野の歌が、茂吉の「死にたまふ母」ほど構成的でないことを嘆いてはいけない。母が病んだ知らせをうけ、「雪富士も濃尾の虹も比良の雲も」あとにして彼がとんで行くのは一九八二年であり、翌八三年には「腹水《ふくすい》のたまれる母」の歌がある。八四年には、「四国指す列車の窓」に照る白い月を歌う。高野は、四国と東京の間を、母のために何度も往復する。そして八五年の三月に、母はなきがらとなって病院から家にもどってくるのである。茂吉の場合のような、二ヶ月ほどの時間に圧縮された一本の線の上の出来事ではなかった。三年にわたる時間を負うて、高野公彦は、病む母と、母の死と、母を送る歌と、そして亡き母への思いを、都市生活の虚しさや山あいの滝の歌や、エロティシズムや、核の冬の歌の間にちりばめたのだ。そこに、「死にたまふ母」とは異なったもう一つの構成があることを、われわれは知るだろう。

茂吉が大正のはじめに母の死を感動的に歌ってから、短歌史は「死にたまふ母」に匹敵する葬送のしらべをもつ歌人を、長い間生まなかった。それから七十年を経て、高野公彦が、都市生活の虚しさの中で望郷の歌の奥ふかく、母の胎内に回帰するかのように病む母を歌い、母を送る歌を書いたのである。

茂吉は、耐えがたいかなしみの激発の中で、母を焼く火を手にして「天つ空には見るものもなし」と歌った。が、高野公彦は、「我を生《な》しし母の骨盤」をまぼろしの中において、現実の風景の中に「黄の火花」のように咲いている連翹を歌った。いや、そうではない。自己の内的風景として、連翹の「黄の火花」を、母を焼く火の「黄の火花」に重ねて歌ったのだ。そういう意味で、この一首、「我を生《な》しし母の骨盤世に在らず連翹咲けりその黄の火花」は、鮮烈な悲しみをあたえずにはいない作品としてわれわれの前に立っている。

エロスの形象と地球の終焉

高野公彦におけるエロティシズムの河は、他の主題の間を縫うようにして『水木』の時代に現われ、『汽水の光』や『雨月』の中を流れて、歌集『水行』にきて水量を増したと見られる。制作史に従って、作品を二回に分けて引くことにしよう。まず、初期作品から『雨月』までの歌におけるエロティシズムの状況を示すと、次のようである。

黒月のひかりを羞ぢてみづからの乳房をおほふ二つてのひら　（『水木』）

夜の海荒るるを聴きてねむるなり肉熟れてゆく我といもうと　（『汽水の光』）

手花火が少女の白き脛《はぎ》てらすかなしき夏をわれ痩せにけり　（同）

はまゆふのそよがぬ闇に汝を抱き盗人のごと汗ばみにけり　（同）

滴々《てきてき》と蜜こそ集《つど》へ夏の夜の木の根、花の根、をみ

なごの胸　（『雨月』）
林檎より剝《む》かれゆく皮ゆらゆらと女体に沿ひて下
降する見ゆ　（同）
雨月の夜蜜の暗さとなりにけり野沢凡兆その妻羽《う》
紅《こう》　（同）

この中で、エロティシズムと、恋の情動との両方にまたがった歌がある。四首目の「はまゆふのそよがぬ闇に……」の歌である。それに対して、「黒月のひかりを羞ぢてみづからの乳房をおほふ二つてのひら」は、自立した見事なエロティシズムの歌だ。これは、若山牧水や与謝野晶子の歌のはげしい恋の感情やめくるめくような肉への情動から離れて、性の感覚的表現をなしとげたものだ。そういう点で一首は、岡井隆の「藻《さう》類《るい》のあはきかげりもかなしかるさびしき丘を陰阜とぞ呼ぶ」という、あのエロティシズムの秀作を思い出させる。が、岡井のエロティシズムに雁行し、遂にそれと並んだものに、「雨月の夜蜜の暗さとなりにけり野沢凡兆その妻羽紅《うこう》」がある。この歌は、歌集『雨月』のタイトル歌として、ひとびとの話題にのぼり、そのエロスの形象が称えられた。

エロティシズムが文学や芸術の中でどのように表現されたか、その表現史を詳しくあとづける場所ではないので略述するが、すでにふれたように十六世紀マニエリスムの芸術家たちがエロティシズムの表現の頂点に立っていた。十八世紀にはサドやカザノーバが現われ、二十世紀にはジョルジュ・バタイユのエロティシズム論が現われる。フロイトが人間活動の根底にリビドー（性的欲求）があると説いたことは、何よりも現代のエロティシズムの性格を象徴する出来ごとであった。現在、エロティシズムは、映画やビデオ、ヌード写真、春画などの中に広く大衆化されている。このとき、例えば、小説「ファニイヒル」や「O嬢物語」のような性文学の、圧倒的なイメージに対して、短歌はどのような方法で対抗できるのか。次の高野の歌は、その一つの答になるだろう。

①受粉して白ふぢの花瞑目す遠くしづかなる漂鳥
のこゑ　（『水行』）
②やはらかき女体の中に現し身の溺れ救はれをり
し冬の夜　（同）
③花ぐもりの花と白雲夜ふかく匂ひ合ふさま寝《い》ね
つつ思ふ　（同）
④目つむれる女人を抱けば息深き女体となりぬあ

はれノア・ノア　（同）
⑤かぐはしき命のうしろがはに来てうしろから抱く二つのちぶさ　（同）
⑥わが肉に入りてひろがるやはらかき女性性器官の一つかな〈こゑ〉　（同）
⑦冬晴のそらの深さやしづかなる女声《めごえ》を秘めて白富士そびゆ　（『地中銀河』）

高野のエロティシズムの歌の後半のものを引いた。ほとんど『水行』に現われている。これらの歌をとおして見ると、高野公彦のエロティシズムの歌には二種あることがわかる。一つは①③⑦に見るように、自然詠にエロスの形象をかけて歌われたものであり、もう一つは②④⑤⑥のように、女体や乳房や女人を抱くなど、性の情動にかかわる歌である。

岡井隆論のときに詳しくふれたけれども、与謝野晶子や若山牧水の愛の歌には浪漫的な陶酔と恋の情動のはげしさがあった。しかし、高野の②④⑤⑥における女体を歌う歌や女人を抱く歌は、エロティシズムの感覚的表現がまさったもので、愛のはげしさはない。そこには、戦後の都市生活の虚しさをくぐりぬけてきた現代人の、醒めた意識がある。高野は、ディオニュソス的な熱狂や肉体の激流から遠く離れて、やわらかな女体の中に一瞬の自己救済の思いを流しこむのである。

「受粉して白ふぢの花瞑目す遠くしづかなる漂鳥のこゑ」は、先にも述べたように、自然の形象にエロティシズムをかけて歌ったものだ。そこには、自然詠の枠を超えてふきこぼれて行く、エロスの形象の見事さがある。ひとは、岡井隆の「乳房《ちちふさ》のあひだのたにとたれかいふ奈落もはるの香にみちながら」という、あのエロティシズムの絶唱を思い出すかも知れない。夭折の歌人橘咲の作品の中にも、「受粉否む雌蕊《しずい》のごとく張りつめむ……」という歌があった。喩をこえた、受粉を否む雌蕊のイメージはあざやかだ。が、受粉をうけ容れた白藤の花を歌った高野の歌は、自然の営みの上に婚《まぐわい》の美しさと優しさを重ねるものだ。

「冬晴のそらの深さやしづかなる女声《めごえ》を秘めて白富士そびゆ」も、完全な自然詠のかたちで歌い出されたもので、エロスの感覚と感情が移入されてもう一つのエロティシズムの歌としての内的な主題を確立させる。それは全く見事である。冬晴れの空のふかさの中に「女声を秘めて」立つ白富士の姿は、女体と女の性のイメージをそこに重ねさせずにはおかない。

わたしは、俳句作家高屋窓秋の「緑星」や「星月夜」

の中の作品を思い出す。「緑星」には「桃いろや春ながくして炎ゆる国」など、愛と優しさにみちた緑の星としての地球の上の人びとのいとなみを歌う作品があるが、それに対して「星月夜」には、地球の最後の姿を形象化したものがある。「核の冬ひとでの海は病みにけり」「原子雲生え生え終に蛇没す」。これらの句は、「花の国あるいは滅ぶ蝶のむれ」「夕雲の紅を引き鶴の舞」など、女たちの舞にも似た華麗なエロスのイメージに囲まれて、核の冬と地球の終焉の姿を示す。

何故わたしが本論の最後に高屋窓秋の作品にふれたかと言えば、高野公彦にも、窓秋の血を引く、地球の終わりを歌った歌があるからだ。「巨大なる〈核の倉庫〉となりはてし天体一つ宇宙にうかぶ」（『雨月』）。「恐竜のあと追ひ滅ぶ積もりかえ核廃棄物投棄つづけて」（『地中銀河』）。「銀漢が夜ぞらに耀《て》りて人のゐぬ地球しづけし紀元十万年」（同上）。これら地球の終焉を歌う歌は、次第に多くなって、『地中銀河』にきて一つの流れを形成するかに見える。高野の第四の主題として流れ出すときがくることが予想されよう。

エロティシズムが死と隣り合っていることを、わたしも忘れているわけではない。エロスの形象と、地球の終焉の歌が並んでいるということが、現在の高野短歌のすがたなのである。ここで、わたしの高野公彦論はおわる。エロティシズムは、高野公彦にとって、無限の暗黒に入っていく生命の一瞬の救済なのだ、ということをわれわれは記憶する必要があるのではないか。

（『夕暮れから曙へ——現代短歌論』本阿弥書店　96）

Profile
さくらい・たくみ　1926—2003年。
詩人。『夏が終わるとき』『遠い火』（詩集）『サナトリウムの青春』（評論集）など。

論考
高野公彦を考える

『天泣』因数分解

穂村 弘
Homura Hiroshi

高野公彦の第八歌集『天泣』をテキストとして、現代を代表するこの歌人の特質について、幾つかの項目をたてながら考えてみたい。

【A】敬虔さ

高野作品の最大の特徴は、生に対するおそるべき敬虔さだと思う。

いま我を知る人は無し夜半《よは》起きてこむらがへりに
呻《うめ》きゐるわれ
流水の輝《て》りをテレビに見つつ食ふ南無《なむ》ほかほかの
炊き込みごはん
さるすべりながく咲きをり人が人を神《しん》震ふまで恋
ふる何ゆゑ

これらの作品の虚飾の無さに驚く。言葉の才に恵まれたひと程このような歌からは遠ざかる傾向があるが、高野は大きな例外である。時に愚直なまでの真摯さで、時にユーモアを交えて表現されるために紛れがちであるが、その敬虔さの本質はやはり「おそるべき」ものだと思う。日常の性格的な美質に過ぎない（？）ものが、高野の場合には表現に直結した資質として機能する点が特異なのである。

うらわかきヨセフとマリア抱《だ》き合ふ絵いまだ見る
無し　一つゆふづつ

例えばこの作品には、歌の周りを透明の空気の層が包んでいるような独特の感じがある。いわゆる言葉の才によってこれに似た歌を作ることは可能かも知れない、だがこの一首は決して生まれない、という印象を持つ。生に対する意識の敬虔さがパイプとなって心と言葉が直に結ばれるイメージである。

【B】宗教的な語彙と宇宙的な意識の広がり

自己の生に対するおそるべき敬虔さは、高野の作品世界に宇宙的な広がりを与えている。その言葉は心の深部との響き合いから生まれたものであり、そのために読者は対象のごく微細な描写から殆ど官能的といえるほどの感覚の広がりを喚起されることになる。

萍《うきくさ》の葉のめぐりなる水の面《おも》絹のうねりす雨ふる前を

又、宗教的な語彙や死生観をもって、より直接的に表現された歌も多くある。

空蟬の褐色の殻つやつやと道元禅師浴後の裸体

あかときは日ぐれに似つつ蟬の眼も空蟬の眼も濡れてしづけし

あふむけに蟬死にてをりモーゼ死にブッダも死にしこの星のうへ

円覚寺夏の樹間《このま》をわれといふ一式の骨歩みて行けり

いずれも発想の発条の強さを感じさせる作品だが、「ヨセフとマリア」の歌同様、言葉の才気というものが一義的に迫って来ることなく、より深い部分に表現の根を持っているという印象を受ける。

【C】世界に遍在する違和の感受

世界に対して虚心に心を注ぐだけでは、高野的な敬虔さに到達することは出来ない。そこには世界に遍在する違和の感受が必須である。この抵抗粒子が内なる敬虔さを砥ぎ、作品化にあたって言葉に輝きを与える作用をする。

夜ぞら今金属よぎりゆくならむテレビ画面の菜の花乱る

このような違和の感受が、【E】（批評意識）と結びついて作品化されることもある。この場合、単なる散文レベルでの批評ではないことが、作品としての味わいを増している。

塵埃車出づる見る無くひつそりと水に囲まれ皇居あり　夏

【D】女性の豊饒さに対する憧れ

天の川夜空に輝《て》りぬ我の手の跡消えゆくやかの乳房より

美しい歌である。高野作品以外で、女性性に対する憧憬がこの次元まで昇華される例は稀だろう。

【E】批評意識

高野作品にみられる批評意識は、【C】（世界に遍在する違和の感受）の項でみたように散文レベルでのそれとは一線を画するものだ。例えば次の歌は、【F】（遊びを含めた言葉の豊かさ）とのオーバーラップで読み手に危険な心地良さを感じさせる。

やはらかきふるき日本の言葉もて原発かぞふひい、ふう、みい、よ

批評意識の根底には自己に対するそれが不可欠であろう。自分自身に向けられた批評意識が、高野特有のユーモア感覚と結びついた例をあげる。

電線のつばめら我を月旦《げったん》すこころが狭く目が三角と

【F】遊びを含めた言葉の豊かさ

はるかなるコロナの白き炎《ひ》を恋ひて蟬鳴きしきる＊アンテステリオン

＊八月（ギリシャ語）。

単語の呪文性をもとにした一種の言葉遊びだが、閉ざされた遊びではない。蟬の声が自身の心をいっぱいに充す過程を経て「はるかなるコロナ」のイメージに結びついていることが判る。

（「桟橋」第48号　96）

Profile
ほむら・ひろし　1962年生まれ。歌人。
「かばん」同人。『シンジケート』『ドライドライ　アイス』（歌集）など。

歌集タイトル考

水に関わる言葉たち

聞き手・津金規雄

――初めての歌集である『汽水の光』は「あとがき」にもありますが、タイトルは故郷にちなんでつけられたのですか。

高野　どこかで「汽水」という言葉を知って、歌も少し作ったんですが（「家いでし一分ほどの歩みにて汽水の底を走る蟹みゆ」など）、いい言葉だと思っていて歌集の題名を決める時に使おうと思ったんです。ただ「汽水」だけでは物足りない気がして「光」を加えました。広がりを持たせたという感じでしょうか。

――この時はまだ〈水〉に関わる言葉を使うという意識はなかったんですか。

高野　ええ、まだありません。

――二番目に刊行されたのは『淡青』です。これは「淡」のさんずいが〈水〉に関係していますが、タイトルを取った歌は青空を詠んでいますね。

高野　「ふかぶかとあげひばり容れ淡青《たんじやう》の空は暗きまで光の器」という歌ですが、この時も「淡青」という言葉をどこかで見て、使いたいなと思って作りました。

――そうしますと、ある言葉に触発されて歌が出来上がるということが多いんですか。

高野　そうですね。でもすぐにその場で使うのではなくて、頭のどこかにインプットされていて、後になってということが多いですね。この時も近くの空き地に雲雀の巣があって、そのころ雲雀と仲良くしていたんですよ（笑）。そこで雲雀の歌を詠む時に「淡青」という言葉を使おうと思ったんです。

――第四歌集の『雨月』の「あとがき」で、初めてタイトルには〈水〉に関わる文字を使うという指針が示されますね。

高野　『雨月』の題名を決める時に、『汽水の光』『淡青』『水木』と見てきて、初めて「水」に気づきました。それと歌集の題名を考えるというのはなかなか大変でしょう。題詠のように何か枠組みを決めておくといいと思いましてね。もちろん〈水〉にも興味がありましたし。ただ〈水〉とはいっても、ここではまだ本当の〈水〉そのものではなくて、〈水〉というものの端っこをかすっているという感じかな。

――五番目の『水行』の場合はどうですか。

高野　「あとがき」にも書きましたけれど、「水行」には「水が行く」、「水の上を行く」という二つの意味があります。「水が行く」の方は〈水〉そのものですね。

――六番目の『般若心経歌篇』は特殊な歌集ですが、これも〈水〉に関連があるのでしょうか。

高野　僕にとっては「般若心経」は海に関わるものなんです（インタビュー参照）。少年のころ海で泳ぐ時に溺れないように唱えるものでしたから。

――なるほど、その意味では一貫していますね。八番目は『天泣』です。読者の中には、この歌集でこの言葉を知ったという人も多いんじゃないんでしょうか。

高野　これはテレビの天気予報か何かを見ていたら、解説で言っていた言葉で、それを記憶していました。「風花」の方はよく聞きますけれどね。好きな言葉はたくさんあるんですが、特に地学用語、天文学用語に興味があって、歌にしているのは「天泣」もそうですが、「汽水」「陸封魚」、あと「深宇宙」「湿舌」などもね。

――天と地とがあって、その間に生命あるものが存在しているというところでしょうか。

高野　以前はこうした言葉は頭の中に入れておいたんですが、この頃は忘れるといけないと思って、メモして引き出しの中にしまってあります。

――ときどきそのメモを見て歌を作られるわけですか。

高野　ええ。でもなかなか歌にならなくてずっと仕舞われたままの言葉もありますよ（笑）。

――お話を伺っていますと、ある言葉があって、それをもとに一首が出来上がる場合があるということですが、やはり歌集の中には、タイトルの由来となる歌があった方がいいのでしょうか。

高野　歌集名というのは、原稿をまとめてから後でつけるでしょう。その時、歌集全体を表す良い言葉が、収められた歌の中にあればいいんだけれど、なかなか難しい。『渾円球』などはそれがなかったんです。

――で、どうされたんですか。

高野　引き出しの中を見ましてね。そうしたら、地球という意味の「渾円球」が見つかって、これにしようと思ったんです。さんずいもあるし。ただこの言葉を使った歌がまったくないので、新たに二首作りました。

――「虫の音《ね》のほそる夜ごろを雁《かり》の群れ渾円球《こんゑんきう》のそらを渡り来《く》」ほか一首ですね。「渾円球」は、真ん丸い玉という意味ですが、やはり水の惑星としての地球ということから選ばれたのですか。

高野　「渾」の文字は「渾沌」にも通じるので、「渾円球」には、固まっていないどろどろしたイメージを持ちました。それと老子の思想がありますね。この世の始まりは渾沌としている、というあれです。いずれにしても題名を決めるのは、原稿を出してから、あるいは初稿が出てからなので、いわば泥縄です。あ、ここにもさんずいがあるなあ。次の歌集の題名は「泥縄」とかね（笑）。

――そんなふうにはならないと思いますが（笑）。いろいろと興味深いお話をありがとうございました。

片山由美子

対談　定型は言葉の増幅器

高野公彦

若者と短歌

片山　春休み中におじゃまします。青山学院短大へは昨年まで従妹が通っておりまして。

高野　そうですか。僕は去年の春に赴任したから、ちょうど入れ違いですね。

片山　どんな講義をなさっているんですか？

高野　和歌と短歌の講義です。国文科だけなんですが。

片山　創作指導というのは、学生さんが短歌を作って、その添削とか？

高野　ええ、作品批評や学生間の相互批評もします。

片山　どうですか、今の若い方は歌を作りますか？

高野　作りますね、どんどん。

片山　短歌年鑑に高野さんが書いていらっしゃいましたが、「君たち、俵万智って知ってる？」とおっしゃったら、小学生の頃名前を聞いたことがあるという答が返って来たとか……（笑）。

高野　愕然としましたね。だから、俵さんの歌もあまり読んでいないようです。創作は、詩・童話・短歌・俳句の四つのなかから選ぶのですが、なんとなく短歌でもやってみようか、という気持ちで作り始める学生が多いようです。高校時代から短歌を読んでいて……などという人は少ないですね。

片山　短歌は若い方にとっては作りやすいんじゃないかと思いますが。

高野　それより俳句の方が作りやすいんじゃないですか？

片山　ええ、私も最初はそう思っていたんです。五七五だけでいいし、それこそ子供でも作れるのではないかと。それが、海外子女文芸作品コンクールというのがありまして、三年程前から私も本審査員として選考を手伝っているのですが、子供の作る俳句には面白いものが少ないんですよ。逆に七七のつく短歌のほうがハッとさせられる作品が多くて覚えてしまうんです。たとえば、〈にほんごでおいでとよべばよってくるにほんごわかるイタリアのうし〉とか、〈夕鶴のつうを演じた学芸会汗びっしょりの二月のマイアミ〉〈重そうな車がとおる橋の上アメリカ橋はギュッとふんばる〉などと……。

高野　うまいですね。

片山　言いたいことが、ちゃんと言えてますよね。しかも覚えやすい。こんな歌ができたら楽しいでしょうし、さらに大人になっても作ろうという気になると思うんですよ。ところが、俳句はたまたまうまくできるという程度で、最優秀作が〈キャンプファイヤーとびだすひのこほしになれ〉〈バナナ売りぼうしもかごもバナナの葉〉といったところなんですね。散文の断片のようなものも多くて俳句本来の面白さに至らないんです。初めて作るのには、意外に短歌のほうがとっつき易いのではないかと感じましたが、先生のクラスの学生さんの歌はいかがですか？

高野　今の短歌を紹介したいくらいです（笑）。初心のうち口語で作ると不思議なもので内容が幼くなるんですよ。俵万智さんもそうでしょう。

片山　ええ。けれど短歌の場合、二十代で認められる方も多いですね。

高野　そうですね。僕らは何とも思っていませんけど、俳句の人から見るとちょっと違うな……という感じですか。

片山　別世界を見るようです。三十代といえば、もう中堅で？

高野　賞のことを考えればそうですが、結社の中では四十代くらいが中堅ですね。

片山　短歌と俳句の新人賞の授賞式が同時にある時など、親子ほどの歳の差に見えてしまって。

高野　まあ、叔母さんと姪くらいの感じですか（笑）。

片山　そのあたりは、短歌という形式の持つ秘密が、何かあるのでしょうか？

高野　先日、俳壇賞・歌壇賞授賞式の時に、坪内稔典さんと話したんです。俳壇賞のふけとしこさんは四十代後半、歌壇賞の二人は三十代でしたね。それは、俳壇のしくみとかなんとか以前に、俳句というのは技量的にあるレベル以上じゃないと、人の心を打つ作品ができないのだ、ということを坪内さんはおっしゃっていましたね。

片山　形式を自由に使いこなすまでに、最低五年、いや十年はかかるなどといわれて……。

高野　短歌の場合は技術的には未熟でも、内容が心を打つ作品であれば評価されます。

片山　若い人の感性が評価され得る訳ですね。

高野　若い人が自然詠ばかりで歌おうとしても、たぶんできないでしょう。賞を受賞する作品はみな人間がらみですね。中でも相聞歌です。恋の歌でほどほどに表現されていれば、面白い。俵万智さんに叙景歌がほとんどないことが象徴しています。自然詠だけで二十首三十首と作ってみればその人の力量がわかるでしょう。けれど人間は機械じゃないから作りたくないものは作れない（笑）。片山さんは『現代俳句との対話』で書いていましたね、俳句は心情を詠うとか社会的な事件を詠うことに適してない、と。

片山　ええ。とくに恋愛を詠うと軽いものになりやすい。

高野　本当に無いですか、相聞句というのは？

片山　私が感心するような句はほとんど。

高野　作品としては時々あるんですか？

片山　それは、詠おうとする方もあります。それと、若いころに始める方が少ないので、そういう時期を過ぎているという現実が…。

高野　なるほど（笑）。でも不倫とか……。

片山　それはありますけれど、これ見よがしになったり……先入観で見てはいけないと思いますが。

高野　川柳の時実新子さんなどは、エロチックな句を詠まれますね、性愛と言ったほうがいいのかもしれませんが。「性」と「愛」に分けると、「性」のほうは、俳句でも詠える気がするんですけどね。

片山　うーん、私の考えでは、そういうことは俳句でやらなくても表現できる、むしろ散文のほうがリアルに表現できるのであれば、俳句でわざわざ詠わなくてもよいのではないかと思うんですよ。

高野　ああ、そうですね。

片山　俳句でなければ詠えない世界を切り取っていくところに醍醐味があるように思うんです。

内容のない歌

高野　いろんな俳句がありますけれど、片山さんの著書で「五七五ではうたえない」という箇所でたまたま引いていらした、〈夕立のあと夕空ののこりけり　今井杏太郎〉という句、こういうなにもない所に詩を見いだす句が僕は好きで……。短歌でも釈迢空などが「無内容の歌」と言っていますが。

片山　そのことは、是非伺いたいと思っていました。

高野　三十首中三十首を無内容の歌にしたらおかしいでしょうが、僕は一割ぐらいは一見無内容だけどフワッとなんともいえない味わいがある歌を混ぜて作りたいという気持ちはあります。だけどなかなか難しい。広い意味では「ただごとうた」ですけれど、現在の短歌界でいわれているただごとうたとは違う、無内容な歌を作りたいと思っています。

片山　古くは釈迢空ですが、その後山本健吉が言っていますよね、「短歌―その器を充たすもの」で。それは俳句にも共通してますし、私はそういうところに俳句の活路を見いだしていきたいと思っているんです。

高野　高野素十の〈春の月ありしところに梅雨の月〉、飯田龍太の〈紅梅のあと白梅の深空あり〉など、先ほどの句に加えて、共通しているのは非常に単純化されていて、ある種かたちが似ていて、まあ無内容の句で……いいなと思います。

片山　ええ、散文にしてしまうと何もなくなってしまうんですけれども。

高野　短歌でそれをめざすと、三十一文字が少し長すぎるんですよ。ちょっとじゃまだな、と思うんです。

片山　奥村晃作さんが『抒情とただごと』という本を出されましたね。高野さんの著書『うたの前線』の中でもこの方の歌が引用されていて、私とても面白いと思ったんです。奥村さんはこういう部分で作歌されているんですか？

高野　奥村さんは、無内容じゃなくて無意味な事柄を詠っているんです。詩歌を作る時に掬いあげずに見過ごすような事を詠っている。初期の作品で〈次々に走り過ぎ行く自動車の運転する人みな前を向く〉など。

片山　ええ、それはとても面白いと思いました。

高野　啞然とするというか。あまりにも無意味で頭に留まらない事柄ですよね。

片山　俳句には通じるところがありまして、日常の些事を五七五にした時に生き生きした世界として提示できる、というのが、一つ俳句の強さだと思うんですね。特別な事柄ではなくて誰もが見ているけれども誰も言わなかった、というような事を詠えたらいいなと思っています。「ただごとうた」を意識的に作る歌人は少数派なんですか?

高野　静かな流行りはありました。奥村さんはその草分けで、ものを見て心を動かされたら率直にそれを詠う姿勢を貫いている人です。常識で切り捨ててしまう部分を大事に詠うんで読むほうは意表を突かれる。その後、歌の中に人生観など持ち込まないで、どうでもいいことを詠う傾向が出てきました。その後は、ようするに短歌界でこういうことが受けるだろう、という風な戦略として出てきたんです。オーソドックスな深い内容の歌を本流とすれば、そうでないものをわざと作り出してアピールする。でも文学っていうのは戦略的なものではない、と思いますから、まずい傾向だなと見ていました。

片山　短歌界での流行というのが、やはりあるんですか。

高野　話題が欲しいんでしょうね。少し前ならライト・ヴァースとか、今は記号短歌とか……。良い悪いとは別に、世の中に週刊誌があるのと同じことですよ。僕はやりませんけれど。

比喩と音楽性

片山　ご自身は、どんなことをめざして作っていらっしゃいますか?

高野　うーん、あまり考えずにやっています。質的にエロティシズムの要素がある歌を作りたいという希望は持っていますが、なかなかできないですね。

片山　私は、高野公彦さんに対して、お名前と〈青春はみづきの下をかよふ風あるいは遠い線路のかがやき〉という一首から、ずっとすがすがしい青年のイメージを抱きつづけていました。

高野　学生のときの歌ですね。朝日歌壇に一年半ほど投稿してまして、その時の歌です。

片山　どなたがお採りになったんですか?

高野　宮柊二です。

片山　ああ、そうでしたか。

高野　どこにも所属せず一人で作っていたんですが、今までの自分にない詩的な歌を作りたいと意識して作ったので、その歌が採られた時は嬉しかったですね。

片山　比喩の力なんでしょうか。

高野　そういえば比喩ですね、暗喩。

片山　七七の転換がすばらしい。これは、花水木ではなく大木の……。

高野　ええ、小石川植物園での作です。

片山　東京教育大でいらしたから。私の散歩コースの神代植物公園にも大きな水木の木があって、その下で初夏の風に吹かれながらこの歌を思います。俳句には、こういう青春の爽やかなものはないなあ、と。河野裕子さんの〈たとへば君　ガサッと落葉すくふやうに私をさらつて行つてはくれぬか〉も比喩ですが、短歌の場合比喩に頼ることは多いですか？

高野　そうですね。第一歌集『汽水の光』に大岡信さんが解説を書いてくださって、その中で比喩が多すぎると指摘されました。それまでは無自覚だったんですが、以後抑えようとした時期がありました。特に「ごとく」は使わないように努力をしました。

片山　俳句でも「ごとく俳句」は避けるべきだと言われます。

高野　僕のほうからも質問していいですか？　片山さんの句集『水精』に〈こめかみに柝のひびきけり初芝居〉という句があって、「か」行音が五回出てきますね。寒いころに柝のかたい音が響くという状況とこの音とが非常にマッチしてるんですね。これは意識して作られたのですか？

片山　（笑）意識的にやる場合もありますけれど、その句は意識していませんでした。

高野　じゃあこの句は神様からの贈り物というか、偶然の恩寵ですね。

片山　ただ、言葉を選ぶ時に「あ」母音を多くするとか、一般的なことは俳句でもやっています。「か」行なんていうのはぎくしゃくした感じになりがちですよね。

高野　ええ、ふつうは「か」行、「た」行などはできれば避けたい気持ちを僕などは持ってますが、内容との兼ね合いですね。片山さんはどんな音がお好きですか？

片山　わりと「さ」行なんて好きですね。話してて、「さ」行をきれいに発音する人っていいなと思います。

高野　なるほど。電車の中などで耳ざわりな「さ」行音で話している人がいますね。でも僕なんか田舎者だから（笑）難しい。

片山　（笑）いえいえ。ご出身の愛媛県の言葉の特徴というのはなにか……。

高野　僕は音でいいますとやわらかい「な」行とか「は」行が好きですね。愛媛県の話し方は語尾によく「な」行音がつきます。「行くけんなー」「行くけんのー」「行くけんねー」と。愛媛にいたのは十八歳まででしたが。

片山　「しらべ」の面で影響を受けていますか？

高野　たぶん受けていると思いますね。以前考えたことがあるんですが、「さ」行音は、寒い・さみしい…などの寒色系、反対に「ま」「や」行音は、やわらかい…などの暖色系の言葉、もちろん例外も多いのですが、大和言葉は音と意味が多少関連がありますね。

片山　ええ、それはあるんじゃないでしょうか。それと、濁音は避けたいというのがありますね。私は「さびし」よりは「さみし」を使います。

高野　そうですね。宮柊二などは濁音やかたい音を効果的に使って、ごつごつした歌をつくりました。男性的な歌ですね。太い響きがある歌にはそういう音が合うんですね。

評論と文章

片山　『うたの前線』（本阿弥書店刊　平成２・10）はとても面白く読ませていただきました。私は上田三四二さんの書かれたもので短歌を読む楽しさに目覚めましたが、それ以来久しぶりです。

高野　上田三四二さんは文章の上手な人ですね。

片山　高野さんの文章で感心したのは、難解な表現や観念的な言葉が一切ないことなんです。

高野　結局、自分でわからなくなると、難しい言葉を使ってカバーしようとするんですね、それはいけないと思って。対象の作品が本当に理解できたら、わかりやすい文章で書けるはずです。

片山　ええ、そう思います。

高野　わからない時はここがわからないと書けばいいんです。僕なんか最近、「わからない」を連発してますが（笑）。

片山　短歌も俳句も日本語でやっていることなんですから、パラダイムとかアナロジーとかエクリチュールとか、片仮名の言葉を使わずに評論も書けると信じているんです。大岡信さんがやはり観念や概念の片仮名語は一切使わないと書いていらしたので意を強くしましたけれども。その手の言葉を多用する評論は多いですね。

高野　僕も若い頃は片仮名言葉を使ってみたいと思ったこともあります。カッコいいでしょ（笑）。何か評論らしいものを書くときに、一種テクニカル・タームというか、あっ、こんな言葉も使ってはいけない……（笑）。ある領域の専門的な言葉ね、哲学用語とか思想用語などをうまく使って書いていると、中身もありそうに見えちゃう。国文の人でも、特にソシュールの言葉を好んで使いますね。

片山　そうですね。

高野　ただ、僕はまあ、本人の勝手じゃないかと思っています。こちらは読んでもわからないですけれど。そういう言葉を使っていてかつわかる文章はないですものね。丸山圭三郎に哲学用語を解説した本がありますけれど（講談社現代新書）丸山さん自身の文章は非常にわかりやすいです。

片山　何かファッションのように使われているんですね、イメージと言わずイマージュと言ったり……。「通奏低音のように」なんていうたとえも、使っている人がどの音楽のどの部分が通奏低音か指摘できるのか疑問に思いますし、私はそういう言葉で書かれたものにはあまり説得されないんですよ。高野さんの『うたの前線』は、本当に平易な言葉で書かれていますね。一首を深く読み込んでいらして、私のような実作者でない者もグイグイ引きずりこまれてしまいました。

高野　「読み」という点では、表現されていることはすべて読み取るよう心掛け、逆に表現されてないことは読み取らないように、と心掛けています。そんなにいい作品でないと思うものを褒めていたり、作品のある部分を読んでいないのか切り捨てているような評論を読むと、いい気持ちはしませんね。きちんとした、過不足のない読みをしたいものです。

読者の文学

片山　坪内稔典さんが「俳句研究」で、桑原武夫の第二芸術論の言葉を受けて「俳句は菊作りや盆栽に夢中になることと同じでよい。それを軽蔑する見方は思想として貧しい」と書いていらして痛快でした。短詩型を志す上での心構えだと思うんです。高野さんは短歌をやる上で何かお考えはありますか？

高野　俳句も同じだと思いますが、極端に言うと短歌は「読者の文学」だと思うんです。すぐれた読者が読んで初めて作品の世界が立ち上がる。小説の場合、誰が読んでもある一定の感動を受けることができるでしょうが、短歌や俳句は読み手がだめだとそれこそ言葉が並んでいるだけで終わってしまう。読み手がよければ様々な世界を心の中に思い浮かべることができる。優れた読み手に出会わない作品は作品としてまだ眠っているということです。定型は一種の言葉の増幅器なんですね。読者の内面に広がって初めて散文にはない世界を成立させる、それほど読者の占める度合いが高い。

片山　やはり実作者でないと読み込めないということですか。

高野　いや、少数ですが実作者でなくとも優れた読み手はいますから、絶対条件ではありませんが、おおまかにいうとそうですね。

片山　短歌終末論なども聞かれますが、今後どうでしょうか？

高野　それはあまり考えないんですよ。自分は定型が好きだからやってるだけ。滅びる時に一人の作家がそれを阻止することは出来ないでしょう？　でも微力ながらも少しでもいい作品を作ることで、滅ぼしたくないとは考えます。滅びる時はしょうがないですけどね。自分の家の経済が破綻しかかっているとき、破綻してもしょうがない、とは言っていられませんが（笑）。形式は自分のものではないし。

片山　最近は新鮮な作品に多く巡りあえますか？

高野　最近の歌では、定型におさめることができるのに字余りになっている作が目について、このままじゃ定型が危ういとも思います。短歌が定型を軽視するようになったらまず僕が読者でなくなります。

片山　短歌を読む場合、こちらも五七五七七のリズムを用意して読むわけで、心地よくはずしてくれるなら良いんですが、大きくはずされると読む楽しみがなくなる。音楽性と関係してくると思うんですが。

高野　ええ、意味だけを読むのではありませんからね。俳句は若い方でも不必要な字余りなどあまりないでしょう。

片山　ええ、今は逆に新古典時代といいますか。

高野　きちんとしていて羨ましいですよ。字余りは着物を着ているのに帯がだらしなく崩れているみたいで気持ち悪い。

片山　これからも作品を楽しみにさせていただきます。今日はありがとうございました。

（95・2）

（『俳句の生まれる場所　片山由美子対談集』本阿弥書店　95）

Profile

かたやま・ゆみこ　1952年生まれ。俳人。「狩」同人。『雨の歌』『水精』（句集）『現代俳句との対話』（評論集）など。

高野公彦に**コレ**が聞きたい・・・

作歌の心構えから好きなテレビ番組まで

聞き手・津金規雄

——河出書房時代はどんなお仕事をなさっていたのですか。

高野　入社してすぐに日本文学編集部に配属され、『カラー版日本文学全集』の編集をしました、数人でですが。割付の仕事をするので、自然と収録された作品を読みましたが、それ以外にも挿絵を頼むために絵描きさんのところへ行きました。どの場面の挿絵を描くのか、こちらから指定してお願いするんです。

——洋画、日本画両方ですか。

高野　ええ、林武、中村岳陵などといった錚々たる顔触れでした。平山郁夫さんもいました。カメラマンと一緒にあちこち写真も撮りに行きました。解説のところに入れるための写真です。二泊三日ぐらいの旅行で、カメラマンがレンタカーを借りて運転しました。石坂洋次郎ならば津軽であるとか、武者小路実篤のときには飛行機で、宮崎の山奥の新しき村まで行きました。ちょうど田植えをしていました。こちらからカメラマンにここの写真を撮ってほしいと頼むんです。

——ということは、旅行はお好きなのですか。

高野　いえ全然。いろいろな用事で日本全国へ出掛けていますが、まだ行っていない県が二つあります。でも自分から進んで旅行に行くことはありません。

——そうすると旅先で歌を作られることはないんですか。

高野　ええ、あまりないですね。旅行詠は少ないです。

——どうしてでしょう、不思議な気がしますが。

高野　嘱目詠が苦手なんです、物そのものを詠むというのがね。それと旅行詠はすぐに作らないといけないでしょう、それもあまり得意じゃない。

――短歌というと、身の周りのものをリアリズムの手法で詠むのが普通のように思うのですが、そうではないんですね。

高野　ええ、自分としては旅行詠をもっと作れるようになるといいと思っているのですが。

――「コスモス」や「桟橋」の旅行で温泉へ行っても、湯に入られませんね。湯上りのぼんやりした気分が苦手なんですか。

高野　いいえ、そんなことはなくて、着替えたりとかが面倒くさくてね。入れば入ったで、もちろん気持ちがいいんだけど。家でテレビを見ているほうがいいかな。

――するとヒヨドリがけたたましく鳴く（笑）。

高野　朝早くからしつこく鳴くんですよ。以前はそんなことはなかったから、最近になって増えたようです。何だか厚化粧の女の人が声高にしゃべっているようで、気に障ります。年を取ってから、とにかくうるさいのがダメですね。世の中には自分勝手に騒音を出している人たちがいて、ヒヨドリにそれを重ね合わせて詠んでいるつもりです。

――山鳩はもっと以前から詠んでいますね。

高野　こちらは慎ましくて、田舎の青年が口ごもりながら何かしゃべっているという感じかな。

――女性もそうしたタイプがいいですか。

高野　おとなしくて、おもしろい人がいいですね。以前は田中美佐子とか原日出子をテレビでよく見ていましたが、今はそうでもないです。

――苦手なのはヒヨドリタイプの女性たちですか。

高野　あのタイプは学生たちの中にもいます。年齢にはあまり関係がないと思う。若いのにずうずうしくて、もうおばさんになってしまっている。一方で年齢的にはおばさんなんだけれども、そう呼ぶにはふさわしくない女性たちもいます。彼女たちのことは、そう、年配の御婦人といったらいいのかな。

――目下のお気に入りは、やはり松嶋菜々子ですか。ドラマなどはごらんになりますか。

高野　見ますが筋を追ったりはしません、ただ漫然とです。だいたいトレンディードラマなんて、中身があんまりなくて他愛がないでしょ。この年になると、もうまともに見る気がしませんね。

――テレビがお好きだそうですが、他にはどんな番組をごらんになるのですか。

高野　スポーツ、ドキュメンタリーなども見ますけれど、お笑い番組が多いですね。漫才などでも、わめきちらすのはダメですが、最近の若いコンビの中には自分たちで台本を書いている人たちがいて、これはおもしろいです。爆笑問題であるとか、他にも楽しみな人たちがいろいろいますね。

――そうしますと短大での講義なども、女子学生向きに笑いをまじえてという感じですか。

高野　いえ、短歌のことだけを真面目にしゃべります。もう少しサービス精神があるといいんでしょうけれど、そういうのは苦手です。

――『渾円球』に「曼珠沙華の冬の緑葉ほんたうのこと言はうか　死ぬのが怖い」という一首がありますが、死への恐怖をここまでストレートに出した歌はこれまでになかったと思いますが。

高野　単刀直入に言って怖いんです。今の自分がなくなるというのがさびしくもあるし、存在がゼロになるというのが怖い。死ぬときに痛いのも嫌ですね。できればそういう死に方はしたくない、肉体的な痛みに弱いので。精神的な痛みにはそうでもないんですが。

――血を分けたお子さんたち、お孫さんもいらっしゃるし、立派な作品も数多く生み出されておられますが、そうしたことは慰めになりませんか。

高野　うーん、ならないですねえ。自分がいなくなってしまうのでは、しようがない。

――それだけ御自分に執着があるということでしょうか。

高野　執着ねえ、自分ではよく分からないけれど。

――作歌に際しての心構えといったものはおありですか。

高野　うーん、当然ですが意味の分かる歌を作るということです。よく分からないあやふやな歌を作ると、何か深い意味があるかのように考えてちやほやする人がいますが、読者の弱みにつけこんでいるという気がします。僕はそういう歌は作りません。

――新聞の投稿歌や結社誌には、そうした歌は少ないでしょうね。

高野　ええ、リアリズムの歌が多いですね。しかし、だからといって、現実的なことを歌っていればいいというのではないんです。肉体は現実を離れられませんが、精神は現実を離れて遊ぶことができます。そうした歌をもっと作ってほしいですね。

――さまざまなお話をありがとうございました。

第１回若山牧水賞

平成８年10月15日受賞者決定
平成９年１月29日授賞式
（於・宮崎観光ホテル）

正賞のトロフィー

第１回若山牧水賞授賞式風景

写真提供：宮崎県生活文化課

▲雪の日之影町にて。左から影山一男、小島ゆかり、高野、大松達知。

▲宮柊二の歌碑の前で。（高千穂峡にて）

▲地元メディアの取材。（延岡市城山にて）

心理の内側迫る手法

大岡　信

第一回の受賞者がその賞の性格に大きく影響するという点で今回は多くの方が注目している。受賞者の高野さんは年齢的にいえば短歌界で中堅の重要な位置に居続けてきた人。最近の歌は中年の年代の作風の締めくくりの時期にきていると思う。

私は第一歌集『汽水の光』の解説を書いたことがある。そこで「人間の心理の内側の世界を詠むことにおいては非常に繊細な触手を持つ詠み手」と書いた。短歌にはいろんな詠み方があって、現代短歌では心理の内面にまで深く分け入って歌を作る傾向は広がってきている。高野さんはその代表的な一人だ。

一方で牧水を見てみると、旅をし歩きながら歌を歌っている。牧水はある意味では詠み捨てていく歌。紀行文にも外気に触れている精神が見えてくる。現代の短歌は多くが内側に向かってかがみこんでしまう性格を持ち、このころからするとずいぶん遠くに行ってしまったような気がする。現代の座っていて作る歌と牧水の動いて作る歌。現代の生活の中で牧水の歌があらためて見直されなければならない理由がここにある。

高野さんは牧水のように朗らかで晴れ晴れとしたものではなくて、場合によっては暗い闇《やみ》の世界を詠むこともある。短歌の新しいタイプの一つと言っていい。

歌集『天泣』は〝老年、老い〟がテーマ。人々が老年を歌うことが普通になってきた現在、その見方は「老いは情けない」か「老年の楽しさや朗らかさ、明るさ」に分かれる。高野さんは今ちょうどその境目にあり、ますます彼の今後に興味がある。老年の歌い方でも人間の内面に迫る高野さんらしい手法。そういう意味で今回の第一回の受賞が高野さんに決まり、非常によかった。

官能的に女性の魅力

岡野弘彦

歌人仲間であり、若いころからお付き合いがある。今から三十年くらい前、私は四十代、高野さんは二十代のそれぞれ後半だった。そのころから彼は「コスモス短歌会」の若手歌人たちのリーダーだった。

いつだったか、一緒にサッカーの試合をやった。私がシュートしようとすると高野さんが猛烈な顔をしてボールを阻止しようとする。その集中力は作歌にも通じる。加えて表現も非常にうまい人だ。

第一回に『天泣』が選ばれたことは大変意義深い。私たちの若いころ牧水の歌はあこがれだった。女性へのロマンチックな歌、牧水調といわれる独特の朗詠法……。若い心を躍らせ、ひかれていったものだ。

もちろん時代、人間の生き方、短歌の在り方も変わってきたので、高野さんの歌が牧水の歌の特色とぴったりと重なり合うわけではない。しかし時代の違いを超えて通じ合うものがある。例えば女性に対して非常に優しい視点。「夜の河波だちて黒しひしひしと男をいだく女のちから」「東慶寺木かげに白くあぢさゐの姉、あぢさゐのいもうと咲けり」などに見られる、女性の持つたおやかな魅力を官能的に歌っているところは牧水と通じている。

牧水は酒を愛した。高野さんの歌にも多く酒が出てくるが、二人の酒の飲み方は違う。牧水は朗々と飲むが、高野さんは一人でもちびちびと飲むことが多いらしい。ここにも時代の違いがあるのかもしれない。中には「日も月も澄みて明るき正月をずずんと酒に酔ひて候」という気持ちが太く出ている酒の歌もある。

宮崎という土地のアイデンティティーを持って歌った牧水の世界と、伊予の土地で生まれた高野さんの歌の世界にはどこか通い合うものがあるなと思いながら読ませてもらった。

人間像ユーモラスに

馬場あき子

私は牧水の歌と学生時代に出合った。その明るい朗唱性というものに魅力を感じ、今の私の作風に影響を受けている。高野さんの歌は朗唱性には向いていないが、韻律の良さでは東西屈指の歌い手だ。高野さんは牧水と同じく「自然の大きさ、おおらかさの中で人間は生かされている」という感覚を持っている。時代性、個性の差がこの視点を面白く出しているんじゃないか。

高野さんは戦争、原子力発電、核実験など社会的問題にも目を向けている。例えば「やはらかきふるき日本の言葉もて原発かぞふひい、ふう、みい、よ」。日本各地に数多くある原子炉をはかない声で数えていく歌だ。数えるうちに人間の営為のもろさ、皮肉な面、むなしさを実感するようになる。しかしやっぱり人間に絶望するのではなく、孜《し》々として営む人間の営為のいじらしさが歌の世界に出ている。

人間の日常も大きな自然の中に置いてみると、小さな行いにすぎないのではないかという視点。そういう自然や人間を信頼していこうという視点が高野さんにはある。

また歌集は「老い」が題材になっていて、命の泉を求める老人が現実をさまよっている姿をとらえた。泉の水をくみあげようとしながらその周りを回る小さな人間像をユーモラスにとらえたいという一面がある。これは「銀行に半白髪《はんはくはつ》のわれ入りて金おろすさまをカメラが見をり」「みづからの意志ならなくに札《さつ》の顔となりし漱石日本に満つ」などの歌に見られる。

いじましく生きる人間の上に大きな自然が広がっているという自覚が歌集には顕著に出ている。新しい転機をはらんでいると思う。高野さんにはもう少し牧水の明るさを取り入れていただくことも期待したい。

人間社会の愚行に涙

伊藤一彦

第一回の若山牧水賞に高野公彦氏の歌集『天泣』を選ぶことができてうれしい。全国の歌人へのアンケート結果でも多くの支持を得、選考委員会でも全員一致で推すことができた。

牧水は言うまでもなく、人間と自然に対する深い愛情を独自の豊かな表現で歌った人である。愛媛県に生まれ育った高野さんの歌も人間と自然に対する深い愛情に満ちている。表現の文体はもちろん牧水と異なる。それはある意味で当然である。まだまだ日本の自然が豊かだった時代と、今日のように自然が破壊の危機にさらされている現在とでは状況が異なるからである。

歌集名の「天泣」について高野さんは後記で「雲がないのに雨または雪の降る現象」のことであると書いている。この気象用語を高野さんが一巻の書名に選んだ背景には人間によって自然が泣かされている、そしてまた相も変わらぬ人間社会のもろもろの愚行を自然は泣いている、という気持ちがあるからに違いない。

牧水にとってもそうであったように、高野さんにとって人間も宇宙の中の、自然の中の一存在である。高野さんはまことに優れた身体感覚の歌を作る人であるが、それは身体を自然そのものとして捉《とら》える視点から生まれている。『天泣』中の老いの歌も性の歌も、自然を歌った作品として読むことができるし、そこに大きな魅力がある。

また、高野氏には言葉に対する強い愛情がある。卓抜な表現力はつとに歌壇で指摘されているが、その表現力は日本人が長く用いてきた日本語への愛情から生まれている。

歌壇で実力も人気もある高野氏がこれまでの七冊の歌集で一度も受賞していないことを不思議に思う。高野氏が受賞の知らせを喜んで下さったと言う。一層のご活躍をお祈りしたい。

牧水賞受賞エッセイ

名刺の消費量
——牧水賞の思ひ出

高野公彦

平成八年の秋であつた。ある日の夕方、家で仕事をしてゐたとき電話が鳴つた。受話器を取ると、響きのいい声が聞こえてきた。「伊藤一彦です。いま、ボクスイショウの選考委員会をして居るんですが、高野さんの『天泣』が受賞作に決まりました」といふ内容だつた。ボクスイショウといふのが分からず、面食らつたが、私の歌集が何かを貰ふことになつたらしい。急に閃光を浴びたやうで頭がボオッとなり、とりあへず「有難うございます」と答へた。伊藤氏はさらに何か言つたあと、「近いうちに宮崎県庁の人から連絡が行きますから……」と付け加へた。ああ、ボクスイといふのは牧水のことだ、と初めて分かつた。

私がいただいたのは第一回の牧水賞である。つまり、賞の存在をまだ誰も知らない時期に電話が来たのである。私がとつさに理解できなかつたのも無理はない。

賞といふものに余り縁がなかつたので、嬉しかつた。特に歌集でいただく賞はこれが初めてである。『天泣』を出してくださつた短歌研究社に少し恩返しができたかもしれない、と思つた。数日後、宮崎県庁から電話があり、まもなく打合せのために県庁の生活文化課の佐伯勝利氏・高林宏一氏が上京して来られた。授賞式は何月何日、会場は宮崎市のホテル、式のあと祝賀パーティがあつて、そのあと懇親会、その夜の宿泊場所はシーガイア、翌日は特急に乗つて延岡へ……。話を聞いてゐるうちに、これは大変なことになつた、と思つた。どうやら牧水賞は県単位の大きな行事らしい。内心うろたへたが、しかし後戻りはできない。

授賞式の直前、牧水についてのエッセイを宮崎日日新聞に五回連載するといふ予想外のノルマもあつたが、何とか書いた。

平成九年一月二十九日、宮崎市内の立派なホテルで授賞式が行はれた。若山旅人氏にお会ひできたのが嬉しかつた。会場には約六百人の人々が集まつてゐた。壇上に上がつて椅子に坐つた時、心は青ざめ、脚は震へてゐた。東京から来てくれた小島ゆかりさん、影山一男君、大松達知君などの顔が会場の前方に見えたので、少し落ち着いた。松形知事から賞状を授与され、賞品として素晴らしいガラス工芸品のカップ（黒木国昭氏作）をいただいた。そのあと眩しいライトに向かつて受賞の言葉を述べたが、何をしやべつたか覚えてゐない。選考委員の岡野弘彦氏・馬場あき子氏の選評があり、大岡信氏の記念講演が行はれるころ、私は徐々に自分に戻つてゐた。夕刻から盛大な祝賀パーティが開かれ、うまい焼酎を飲んだ。そのあと二次会、三次会でも飲んだ。

翌朝、テレビ宮崎の「牧水の跡をたずねて」といふ企画で、牧水ゆかりの延岡市と東郷町へ向かつた。同行したテレビ局のキャスター南出氏から行く先々でマイクを向けられた。東郷町で見た坪谷川は水が澄んでゐた。その夜は山奥の高千穂町に泊まつた。翌朝、目が覚めると十センチほどの積雪で町は真つ白だつた。帰りに日之影町に寄つて、宮柊二先生の歌碑を見た。

慌しい三日間だつた。その間、知事を始め県庁の関係者の人々、また市長さんや市役所の人々、町長さんや町役場の人々、新聞社やテレビ局の人々など、多数の人々にお会ひした。頂戴した五十枚ほどの名刺が手元に残つてゐる。それだけ多くの人々に出会ひ、お世話になつたのだ。今でもしみじみと感謝の念が湧く。私の名刺も五十枚ほど消費した。授賞式に行く前、名刺をたくさん持つて行け、と教へてくれた親切な人がゐたが、あれは誰だつたのだらう。

牧水論

牧水の魅力を読む

高野公彦

愛誦性について

街を歩いている人たちに、あなたの知っている歌人の名をあげてください、といきなり質問したら、どんな答えが返ってくるだろうか。普通の人たちは、遠い昔の教科書を思い出すような、やや自信のない顔つきで、「ヨサノアキコ」とか「イシカワタクボク」とか「ワカヤマボクスイ」とか答えそうな気がする。あるいは「タワラマチ」と言う人もいるに違いない。ではどんな短歌を覚えていますか、と質問したらどうか。すらすらと正確に一首言える人は少ないだろう。が、たぶん人々の口からいちばん多く出てくるのは若山牧水の歌ではないかと思う。たとえば、

白鳥《しらとり》は哀しからずや空の青海のあをにも染まずただよふ

などである。とにかく牧水は今も、日本人のあいだで広く知られているポピュラーな歌人であることは間違いない。

昨年、私が若山牧水賞に決まったという記事が新聞に載ったとき、勤め先（青山学院女子短

大）の教職員の人たちは、「牧水賞とは、凄いですね」と言ったり、また「歌人のことはよく分からないけど、牧水なら知っています。おめでとうございます」と言ってくれたりした。

一般の人のほとんどは、短歌と和歌の違いを知らないし、まだ短歌を一句と数えたりする。つまり短歌についての知識は、曖昧《あいまい》でオボロなのだ。それは仕方のないことである。しかしそういう人たちでも、若山牧水の名はちゃんと知っている。だから、頭の中で何となく《牧水は偉い歌人だ。その牧水賞なら、凄い賞に違いない》という思考がはたらくのだろう。

さて牧水は、なぜ日本人にながく親しまれて来たのだろうか。よく言われるように、牧水の歌にはゆたかな愛誦性がある。覚えやすく口ずさみやすいのだ。

①分かりやすい。
②内容が感傷的。
③快いリズムがある。

私はこれが、愛誦性を生む三要素だと考えている。一般人が牧水の歌に魅力を感じたり、いつのまにか覚えたりするのは、この三つが牧水の歌にたっぷり含まれているからだろう。右の一首もそうだが、ほかに愛誦歌と思われるものを幾つかあげてみる。

幾山河越えさり行かば寂しさの終《は》てなむ国ぞ今日《けふ》も旅ゆく
海底《うなぞこ》に眼《め》のなき魚の棲《す》むといふ眼の無き魚の恋しかりけり
白玉《しらたま》の歯にしみとほる秋の夜の酒はしづかに飲むべかりけり

分かりやすさ。これについては説明の必要がないだろう。一読して分かることが愛誦歌の前提条件である。

感傷的というのは、ロマンチックでちょっぴり物哀しさを含んでいるといった感じを言う。人は誰でも、老若男女を問わず、またどんな立場にあっても、心の中に感傷的な気分を抱きながら生きているはずである。それが歌の中に詠み込まれていれば、すなわち人は心を動かされるのである。感傷性のある歌は、現代ではむしろ好ましくないと考えられる傾向があるし、また、程度の低い感傷的短歌が多いことも事実だが、しかし感傷性そのものは歌の魅力であり大切なものだと私は思う。

快いリズム。これも愛誦歌の必要条件である。今まであげた数首だけでも、じゅうぶんに牧水の歌の素晴らしいリズム感が理解されるだろうが、もう一首あげておこう。

吾木香《われもかう》すすきかるかや秋くさのさびしききはみ君におくらむ

これなどは、まさにリズム感のよさが歌の魅力の大きな部分を占めている例である。

愛誦歌の三要素、と私は書いたが、じつはそれは短歌そのものに欠かせない最も大事な要素なのである。しかもこの三要素は現代短歌で忘られがちになっている。私たちは、牧水の歌を思い出しながら《現代の歌》を作る必要があるだろう。

酒のうた、酒断ちの歌

牧水といえば、酒の歌をすぐ連想する。牧水は酒をよく飲み、よく酒の歌を詠んだ。しかも魅力的なすぐれた歌が多い。全部で三百首ほど酒の歌があるらしいが、これは凄い数である。酒の歌だけで一冊の歌集が編めるわけだ。

先に「白玉《しらたま》の歯にしみとほる秋の夜の酒はしづかに飲むべかりけり」の一首を引いたが、それ以外の酒の歌を見ていこう。

ちんちろり男ばかりの酒の夜をあれちんちろり鳴きいづるかな

女っけのない酒の席は殺風景で寂しいけれど、ほら松虫がチンチロリときれいな声で鳴いているじゃないか、この声を肴《さかな》にして飲もう、と言っているような歌である。紀の国を旅した折の作。

とろとろと琥珀《こはく》の清水津の国の銘酒白鶴《はくつる》瓶《へい》

あふれ出《づ》る

灘の銘酒「白鶴」の琥珀いろの清水が酒瓶からあふれ出るのを、固唾《かたず》をのんで見守っている。牧水の喉がごくりと鳴るのが聞こえてきそうな歌である。

　たぽたぽと樽に満ちたる酒は鳴るさびしき
　　心うちつれて鳴る

ぬぐいがたい寂しさを抱いている牧水に向かって、慰めるかのように、また誘惑するかのように樽の中で酒が揺れて鳴っている。当時の心境は、「死にがたしわれみづからのこの生命《いのち》食《は》み残し居りまだ死に難し」などの歌でうかがい知られるように暗澹としていた。

　かんがへて飲みはじめたる一合の二合の酒
　　の夏のゆふぐれ

なにか考え事をしながら酒を飲み始める。いつの間にか一合が二合になったが、まだ飲み足りない。たぶん縁側のそばで夕涼みをしながら、しみじみと酒を味わっている歌であろう。これはまさにオトナの酒だ、と感心させられる。だが、じつはまだ三十歳のころの作である。

牧水がよく酒を飲んだのは、寂しさをまぎらわせること、また、酒（とくに日本酒を好んだ）の味を楽しむこと、この二つのためであったようだが、長年の飲酒がたたって医者から断酒を言い渡されるハメになる。

　飲み飲みてひろげつくせしわがもののゆば
　　りぶくろを思《も》へばかなしき

萎縮腎に罹《かか》った、と前書きのある歌。「ゆばりぶくろ」とは膀胱のことである。断酒の嘆きをユーモアに包んで詠んでおり、切ない気持ちがひしひしと伝わってくる。

　朝酒はやめむ昼ざけせんもなしゆふがたば
　　かり少し飲ましめ

朝酒も昼酒もよくないからやめるが、夕方には少しぐらい飲ませてよ、と心の中でつぶやいているのだ。子供が駄々をこねているような面白い歌である。

　笹の葉の葉ずゑのつゆとかしこみてかなし
　　みするこのうま酒を
　われはもよ泣きて申さむかしこみて飲むこ
　　の酒になにの毒あらむ

酒を断たなければいけないと思いながら、しかし牧水は酒を飲んだ。「なにの毒あらむ」とは、芯から酒が好きな人の言葉である。

足音を忍ばせて行けば台所にわが酒の壜は
立ちて待ちをる

最晩年は、いわゆる盗み酒をした。「酒飲みたさ」が、「酒断《だ》ち」の心を強引におしのけてしまうのである。「立ちて待ちをる」の、ほろにがいユーモアは、断酒経験のない人でも素直に理解できるだろう。

牧水の酒の歌が魅力に富んでいることは言うまでもないけれど、同時に、右のような酒断ちの歌も無類に面白い。面白くて哀しい。

酒ほしさまぎらはすとて庭に出でつ庭草を
ぬくこの庭草を

死の直前の作。手は草を抜きながら、心はうつろに酒のことを思う。このとき牧水四十三歳。酒に明け暮れて、酒で身をほろぼす。そういう生き方を、豊かな人生と言っていいだろうか。そう言っていいのだ、と牧水の生涯が語っているような気がする。

歌の幅の広さ

物をよく見て作られた歌は、何とも言えない味わいがある。たとえば次のような歌。

鉄瓶《てつびん》のふちに枕しねむたげに徳利《とくり》かたむく
いざわれも寝む

酒もいいかげん飲んだし、眠くなったから寝よう、という時の歌である。徳利が鉄瓶のふちに枕して傾いているというリアルな描写が、酒を飲み足りて飽きかけたころの雰囲気をうまく伝えている。

うすべにに葉はいちはやく萌えいでて咲か
むとすなり山桜花

ふつうの桜と違って、山桜は花よりも葉が早く出てくる。うす赤い、美しい葉である。あたりはまだ枯れ色の静かな山、その中で山桜の葉の色が照り映えている。牧水作品の中でも特に有名な歌の一つであるが、これも物の実態を詠んだリアルな歌である。

昼は菜をあらひて夜《よる》はみみづからをみな子ひたる渓《たに》ばたの湯に

谷川温泉での作。「みみづから」は、身自ら。浴客の稀れな、ひなびた温泉地の生活風景を客観的に描き、ほのかなエロチシズムのただよう歌である。

虎杖《いたどり》のわかきをひと夜塩に漬けてあくる朝食ふ熱き飯《めし》にそへ

虎杖の一夜漬けを飯に添えて食べる、という歌だが、物が順々にこまかく描写されているので、いかにもうまそうな印象を受ける。

牧水は酒の歌だけでなく、じつは食べ物の歌にも優れたものがある。

いきのよき烏賊《いか》はさしみに咲く花のさくら色の鯛はつゆにかもせむ

しらじらと煮立つを待ちてこれの粥に卵うちかけ吹きつつぞ喰ふ

信濃なる梅漬うましかりかりと噛めば音してなまのままの梅

どれもうまそうな歌である。牧水は食いしん坊だったようだ。といっても大食漢ということではなく、おいしいものに目がない人、の意である。

ただ、食べ物の歌が出てくるのはだいたい中年以降である。つまり、節酒・断酒のやむなきに至ってから、徐々に牧水は食べ物に目を向け始めたのである。

「酒なしに喰ふべくもあらぬものとのみおもへりし鯛《たひ》を飯《めし》のさいに喰ふ」と嘆いているように、喰いしん坊の歌の背後には、寂しい酒断ちの心がひそんでいる。

さて、これまで見てきたリアリズム系の歌はみな中年あるいは晩年の作である。では青年期はどうかと言うと、たとえば、

けふもまたこころの鉦《かね》をうち鳴《なら》しうち鳴しつつあくがれて行く

このようなロマンチックな歌が多くを占めて

いる。そして時折、

水の音《ね》に似て啼く鳥よ山ざくら松にまじれる深山《みやま》の昼を

摘草のにほひ残れるゆびさきをあらひて居《を》れば野に月の出づ

といった写実的な歌が出てくる。大まかに言えば、牧水は浪漫主義から出発し、その傾向を少しずつ薄めながらしだいに写実主義に近づいていった歌人、と言えるだろう。世間的には前期の歌が広く知られているが、後期にも味わいのある歌が多い。

とこしへに解《と》けぬひとつの不可思議の生きてうごくと自《みづか》らをおもふ

これはやや特異な歌である。自分のものでありながら常に動揺して制御しがたい、混沌とした内部の命を見つめている。たえず牧水を旅におもむかせ、また酒にいざなったものの正体が、この不可思議の命であろう。写実ではとらえられないものを詠んだ、観念的な歌である。

かたはらに秋ぐさの花かたるらくほろびしものはなつかしきかな

牧水の心は、過去という〈時間の暗闇〉に向けられている。ロマンチックな感傷を含みながら、不可視のものに迫ろうとした観念的な歌である。時間軸の上に秋草と一人の人間だけが存在しているような、簡素で完成度の高い構造が、歌に力を与えている。

水の歌人

牧水は幅の広い歌人である。

牧水が短歌を作りはじめたのは、延岡中学時代である。本名は繁であったが、そのころ「秋空、桂露、雨山、白雨、野百合」などの筆名を使った。明治時代は筆名を用いる文学者が多かったから、牧水もそれにならったのだろう。「牧水」となったのは十八歳からである。「牧」の字は、母親マキの名からとったらしい。

桂露、雨山、白雨、牧水。よく見ると、これらは水に関する字が使われている。牧水は、水が好きな人だったに違いない。

水木、汽水の光、淡青、雨月、水行、地中銀河、天泣。私事で恐縮だが、これは私の歌集の名である。サンズイを含めてみな水に関わりのある字を用いている。水というものに関心があって、こうしたのである。だから私には、牧水という名はことに親しく感じられる。

牧水の故郷・東郷町には坪谷川が流れているから、筆名にはその川への思いがこめられているのだろう。

　ふるさとの日向《ひうが》の山の荒渓《あらたに》の流《ながれ》清うして
　　鮎多く棲《す》みき

晩年、このように牧水は故郷の谷川を懐かしんでいる。また「上《かみ》つ瀬と下《しも》つ瀬に居りてをりをりに呼び交しつつ父と釣りにき」の作もある。鮎釣りの思い出をうたったものである。

　白鳥は哀しからずや空の青海のあをにも染
　　まずただよふ

　ああ接吻《くちづけ》海そのままに日は行かず鳥翔《ま》ひな
　　がら死《う》せ果てよいま

これらは若いときの歌である。「水」への関心はまず海から始まった。牧水の海の歌には、しばしばロマンチックな気分が漂っているのが特徴である。二首目は恋人と一緒に房総の海辺に滞在した折の作だが、海・太陽・鳥の組み合わせによって官能的な気分をみごとに表している。

　日向の国都井《とゐ》の岬《みさき》の青潮に入りゆく端《はな》に独
　　り海聴く

同じころの作だが、こちらは具体的にうたわれている。大海を前にした牧水は、自然そのものの声に、その豊かな響きに、つつましく耳を傾けているのである。

　石越《いしこ》ゆる水のまろみを眺めつつこころかな
　　しも秋の渓間に

これは中期の作。「石越ゆる水のまろみ」とは、何とみごとな描写であろう。牧水の目の確かさを改めて感じさせる表現である。

大渦のうづまきあがりなだれたるなだれの
うへを水千《ちぢ》に走る

利根川源流を訪ねた時、牧水はこんな歌を詠んだ。水の激しい動きを描いて、強いリアリティがある。このように牧水は「水そのもの」に近づいてゆく。

この牧水の、水への関心について、次のような優れた論評がある。《牧水の海への憧れと山への愛を対比して別物のように語る人があるが、違うだろう。牧水の精神の根底において海と山とは反義語（アントニム）ではなく、同意語（シノニム）だった。海はもちろん水だが、牧水にとって山も水だった。谷川が流れ、樹木も水があって生きている。そして、樹木が水をまた豊かにしている。「水はまったく自然の間に流れる血管である」と牧水はあるエッセイに書いている。水の惑星としての地球。そんな今日の地球観を牧水はいちはやく明治時代に身につけていた。》（伊藤一彦著『青の国から』）

春の木は水気《すゐき》ゆたかに鉈《なた》切れのよしといふ
なり春の木を伐る

川、海、水蒸気、霧、雲、雨、地下水…。水は、さまざまな姿で天地のあいだを循環している。その循環の途中の水を、牧水は春の木の幹の中に感じ取っているのだろう。伊藤氏の言葉を裏付けるような一首と言える。牧水は海も山も愛した歌人だが、その海・山をつなぐものが水なのである。

和魂の人

牧水の二十代後半の歌を読むと、他の時期の歌と少し異なった印象を受ける。

しのびかに遊女が飼へるすず虫を殺してひ
とりかへる朝明け

遊女のもとで一晩あそんで帰る時の歌だろう。「すず虫を殺して」と冷ややかに言っているところが、何か不気味である。

秋、飛沫《しぶき》、岬の尖りあざやかにわが身刺せかし、旅をしぞ思ふ

旅に出たいと思いながら、山や海などの秋の風景を想像していたのだろう。その中で、海に向かって鋭く突き出ている岬を思い浮かべて「わが身をさし貫け」と呟いている。これもドキリとさせられる歌である。

納戸の隅に折から一挺の大鎌あり、汝が意志をまぐるなといふが如くに

さうだ、あんまり自分のことばかり考へてゐた、四辺《あたり》は洞《ほらあな》のやうに暗い

絶壁《ぜつぺき》を這ひあがる、黒き猫とや見えむ、いまかなしき絶壁を這ひ上る

これらは五七五七七という短歌の定型からハミ出した、いわゆる破調の歌である。そして内容的にはそれぞれ暗くて激しいものを秘めている。

牧水は、園田小枝子という一歳年上の女性と恋をした。最初の歌集『海の声』の大半はその恋の歌で占められている。牧水は結婚まで考えたのだが、恋は結局破れた。「海底に眼のなき魚の棲むといふ眼の無き魚の恋しかりけり」の歌などに、恋の苦しみが深い影を落としている。

恋愛の破綻から心身ともに疲れ果てていた牧水は、やがて父の死に遭遇し、故郷の家を継ぐかどうかという進退問題に悩まねばならなかった。また経済的な貧窮にも苦しめられた。

そういったさまざまの苦悩が二十代後半の牧水をじりじりと苛《さいな》んでいた。

この時期の歌に、寂しく鬱屈した心、また激しく惑乱する心がしばしば見られるのは、それらの事柄に起因している。だが、牧水は身をもって現実に立ち向かおうとした。

荒魂《あらたま》、つまり、荒ぶる魂。この時期の牧水の歌には、その荒魂がひそんでいる。右の、絶壁を這いあがろうとする猫のイメージは、ほかならぬ牧水の自画像なのである。

しかし、ほんらい牧水は和魂《にぎたま》の人である。まろやかな珠《たま》のような歌、と言ったら言い過ぎかもしれないが、晴朗で濁りがなく健やかで優しさを湛《たた》えているのが牧水の歌である。

水無月の洪水《おほみづ》なせる日光《につくわう》のなかにうたへり麦かり少女《をとめ》

これなどは、牧水の心の健やかさをあらわす典型的な歌の一つだろう。

山ねむる山のふもとに海ねむるかなしき春の国を旅ゆく

感傷的であっても、心は素直に天地に向かって開かれ、歌は晴れやかで優しい。このような歌が牧水の歌なのだ。

若い時期の歌を二首あげたが、晩年には次のような歌がある。

親魚は親魚ばかり墨の色のちさき子鮒は子鮒どち遊ぶ

一疋がさきだちぬれば一列につづきて遊ぶ鮒の子の群

青笹を入れやりたれば池の鮒早や青き葉の蔭に来てをる

群りて逃げて行きしが群りてとどまれる見れば鮒の静けさ

池の中で遊ぶ鮒の姿がこまやかに描かれている。鮒の生態がありありと眼に浮かぶ歌だが、綿密な描写の陰には鮒にそそがれた牧水の優しい眼差しがある。牧水はこのように純真無垢な心の持ち主であった。苦悩した時期にも、人を悪《あ》しざまに言った歌はないと思う。和魂の人、牧水の歌は、とげとげしい気分の満ちている今の時代にあって、いっそう貴重である。

（宮崎日日新聞に平成九年一月二九日〜二月二日にかけて連載）

【高野公彦を詠んだ歌】

眼鏡わずか下にずらせて人を見る高野公彦ますます頑固

永田和宏『華氏』

日賀志康彦いつの日高野公彦にならむと心きめたりし　あはれ

竹山広『遐年』

韻律が悪しと言ひて公彦の嫌ふ〈四・四〉を慎みて使ふ

小島ゆかり「棧橋」56号

青短に高野公彦おとなへば締切過ぎし歌つくりをり

津金規雄「棧橋」56号

刃のごとく光のごとく火のごとく水のごとくに高野公彦

草田照子「かりん」二〇〇四年九月号

歌集解題

津金規雄

〈はじめに〉

・⑥『般若心経歌篇』所収の『高野公彦作品集』（A5判函入）以外は、すべて四六判カバー装である。このうち、③『淡青』と④『雨月』は、著者自装である。

・すべての歌集に、著者自身による「あとがき」が付されている。

・⑤『水行』、⑦『地中銀河』、⑧『天泣』の三歌集には、栞のかたちでの語注が添付されている。

・『般若心経歌篇』以外の歌集はすべて編年体となっているので、当時の作者の年齢を記した。ただし作者の誕生日は一二月一〇日なので、その年の年齢は誕生日以前のものを記した。

①『水木』

・昭和五九（一九八四）年二月七日
・短歌新聞社
・一二八ページ（一ページ三首組）
・二八七首
・昭和三八年〜四五年（二一歳〜二八歳）
・昭和五七年（四〇歳）までの略年譜つき
・口絵肖像写真一葉あり
・定価一四〇〇円

※〈昭和歌人集成〉全三八巻のうちの第三〇巻。「かなたまばゆき」と題する坂井修一の解説（六ページ）が巻末に付されている。二〇代の作品を集めた第一歌集だが、刊行順では三番目に当たる。「あとがき」に「気の染まぬ作は推敲した」とあるように、第四歌集『雨月』所収の作品を作っていた頃の作者によって編集されている。作者には珍しい、いくつかの連作がふくまれている。

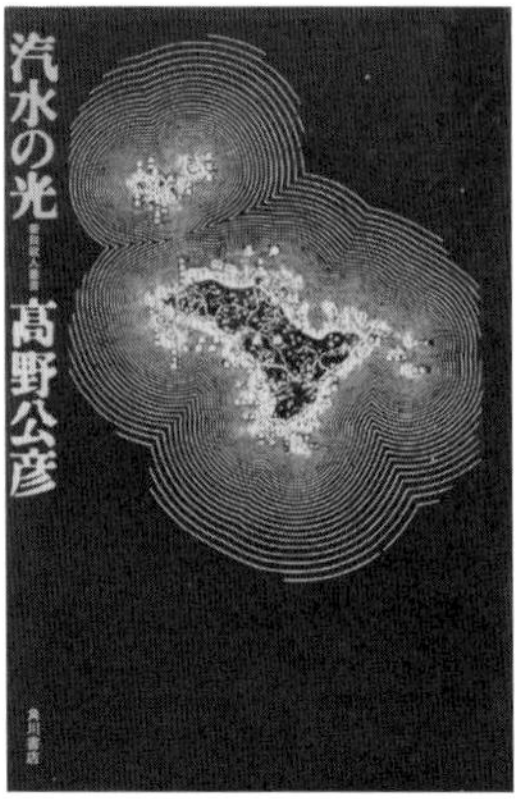

②『汽水の光』

・昭和五一（一九七六）年三月二五日

・角川書店
・二四八ページ（一ページ四首組、ただし左側の奇数ページにのみ印刷されており、右側の偶数ページは白紙になっている）
・三七六首
・昭和四五年～五〇年（二八歳～三三歳）
・定価二〇〇〇円
※　刊行順でいえば初めての歌集に当たる。〈新鋭歌人叢書〉（全八巻）のうちの一巻。歌人高野公彦の評価を決定づけた歌集である。「意識の夜の歌」と題する大岡信の長文の解説（一七ページ）が巻末に付されている。

③『**淡青**』
・昭和五七（一九八二）年五月三〇日
・雁書館（コスモス叢書一九〇篇）
・二一六ページ（一ページ三首組）

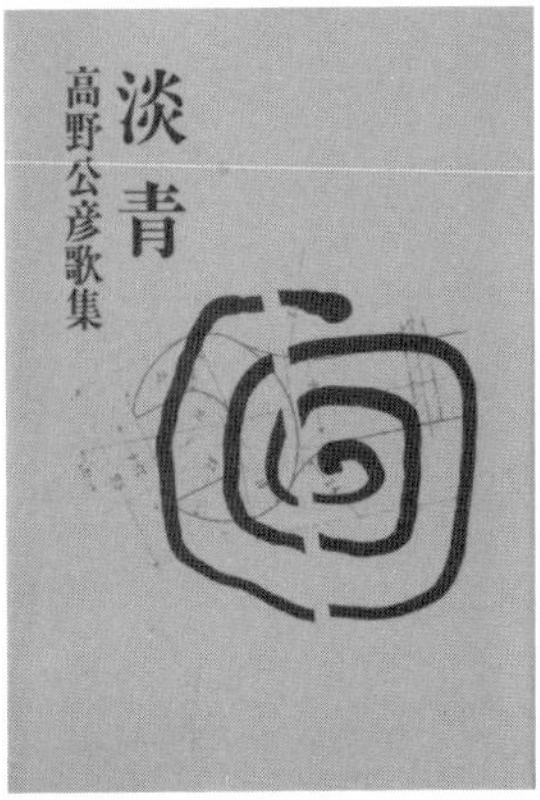

・四九七首
・昭和五〇年～五六年（三三歳～三九歳）
・定価二五〇〇円
※　「あとがき」によれば、約七九〇首の中から四九七首を選んでいる。「私は、この歌集を以って三十代に別れ、四〇代に入る」という結びの言葉には、ある種の決意が伺われるようである。

④『**雨月**』
・昭和六三（一九八八）年七月一日
・雁書館（コスモス叢書三〇〇篇）
・一八四ページ（一ページ四首組）
・五七九首
・昭和五七年～六一年（四〇歳～四四歳）
・定価二三〇〇円
※　昭和六〇年に没した母を詠んだ歌が多く、母の挽歌集としての側面をもっている。

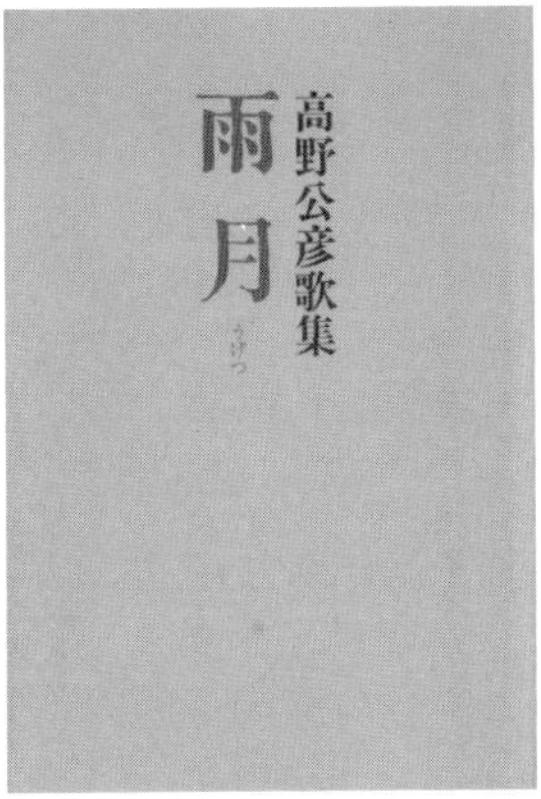

⑤『**水行**』
・平成三（一九九一）年八月一五日
・雁書館（コスモス叢書三七六篇）
・二一六ページ（一ページ四首組）
・七〇八首

・昭和六二年～平成二年（四五歳～四八歳）
・定価二五〇〇円（本体二四二八円）
※　収録歌数が七〇〇首を超え、刊行された単独の歌集中最大となっている。

⑥『**般若心経歌篇**』
・平成六（一九九四）年一一月三〇日
・本阿弥書店
・『高野公彦作品集』（A5判函入）に「未刊歌集」として所収
・三四ページ（一ページ九首組）
・二三七首
・平成四年～平成六年（五〇歳～五二歳）
・「前言」と「般若心経と私（あとがきに代へて）」が付されている。
・定価六〇〇〇円（本体五八二五円）
※　「般若心経」の二六六字の漢字を歌の頭に置いた「アクロスティック作品」である。ただし漢字によっては、二字あるいはそれ以上で一首にしたケースがあるので、歌数は二三七首となっている。発表時期は『地中銀河』『天泣』と重なっている。
※　短歌研究文庫『高野公彦歌集』（平成一五年　短歌研究社）に、作品のみ全篇が再録されている。

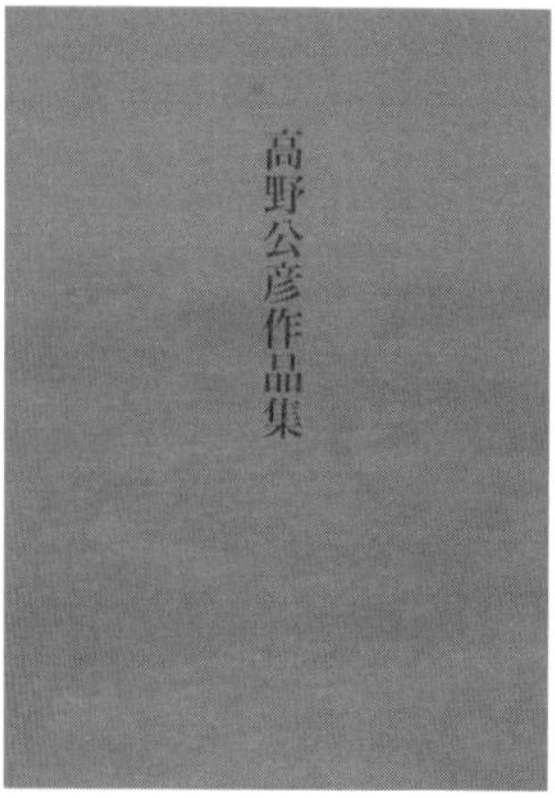

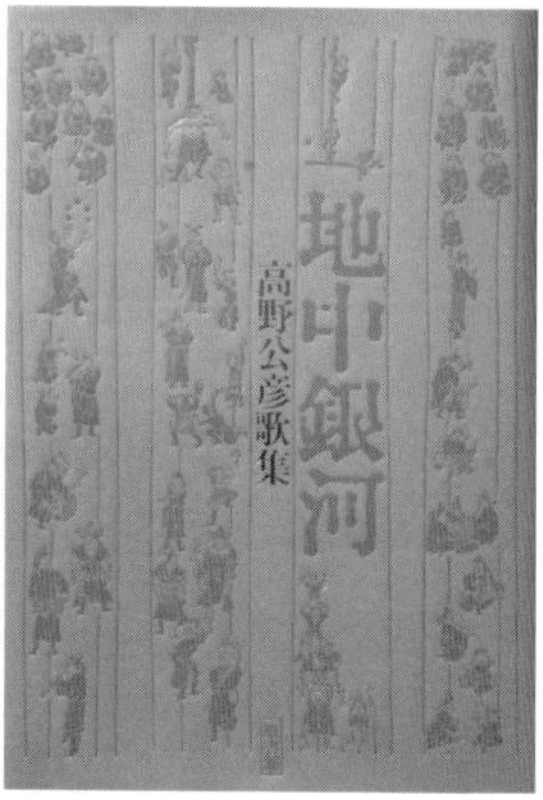

⑦『**地中銀河**』
・平成六（一九九四）年一二月一日
・雁書館（コスモス叢書四六三篇）
・一九二ページ（一ページ四首組）
・六二九首
・平成三年～五年（四九歳～五一歳）
・定価二五〇〇円（本体二四二八円）
※　平成五年の作品については、一部次の歌集である『天泣』に収められたものがある。

⑧『**天泣**』
・平成八（一九九六）年六月二二日
・短歌研究社

・一九〇ページ（一ページ二首組）
・三二九首
・平成五年～六年（五一歳～五二歳）
・定価二九〇〇円（本体二八一六円）
※　三二九首のうち七割強は「短歌研究」誌上に計八回連載した三十首詠である。
※　大学卒業後二六年間勤めた河出書房新社を退職し、そののち青山学院女子短期大学に教授として赴任した折の作品を収めている。
※　平成九年、第一回「若山牧水賞」を受賞している。

⑨『水苑』
・平成一二（二〇〇〇）年一二月二〇日
・砂子屋書房（コスモス叢書六五二篇）
・三四四ページ（一ページ二首組）
・五五〇首
・平成七年～一〇年（五四歳～五七歳）
・定価三〇〇〇円（税抜き）
※　平成一三年、第一六回「詩歌文学館賞」、第三五回「迢空賞」を受賞している。

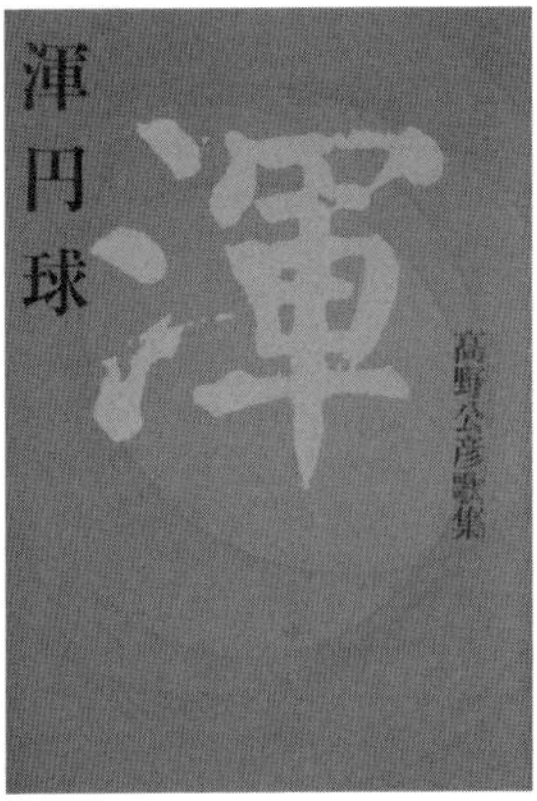

⑩『渾円球』
・平成一五（二〇〇三）年一〇月二〇日
・雁書館（コスモス叢書七四三篇）
・一八四ページ（一ページ四首組）
・五八九首
・平成一一年～一四年（五七歳～六〇歳）
・定価二七〇〇円（税抜き）
※　華甲六〇歳を迎えた作者の円熟の境地を示す第十歌集である。

自筆年譜

昭和十六（一九四一）年
十二月十日、愛媛県喜多郡長浜町（現、大洲市長浜）に生れる。本名、日賀志康彦。姉（昭和十四年生れ）は戦時中に病死。妹が昭和十九年に生れる。私は十歳ごろまで病弱な体質だつた。

昭和二十九（一九五四）年　十三歳
長浜中学校に入学。美術部に入つて絵を描く。

昭和三十（一九五五）年　十四歳
国語の時間、初めて短歌を二首作る。このころ、般若心経を暗誦する。

昭和三十二（一九五七）年　十六歳
松山工業高校機械科に入学。

昭和三十五（一九六〇）年　十九歳
高校を卒業し、横浜市の日産自動車に入社。研究部研究課に配属され、エンジンの実験等に従事。巨大な会社組織の中に埋没して働くうちに、漠たる不安がきざす。

昭和三十六（一九六一）年　二十歳
四月、横浜国立大学の夜間の工学部機械工学科に入学。八月、会社も夜学もやめて、受験勉強のため上京。

昭和三十七（一九六二）年　二十一歳
東京教育大学文学部国文科に入学。石川啄木を読み、作歌を始める。万葉集を読む。

昭和三十八（一九六三）年　二十二歳
迢空・茂吉・白秋・実朝を読む。友人たちと短歌研究会を作り、峯村文人教授の指導を仰ぐ。八月より翌年十二月まで、朝日歌壇に投稿。

昭和三十九（一九六四）年　二十三歳
八月、三鷹に宮柊二先生をたづね、コスモス短歌会に入る。大田区大森のコスモス編集分室に住み込んで、編集の手伝ひをする。

昭和四十（一九六五）年　二十四歳
Gケイオス（コスモスの若手グループ）に入る。奥村晃作氏宅に毎月集つて歌会を開き、また「Gケイオス通信」を発行。奥村氏を中心に、よく勉強し、よく飲んだ。

昭和四十一（一九六六）年　二十五歳
英語の単位が足りず、大学留年。

昭和四十二（一九六七）年　二十六歳
三月、大学を卒業（卒論は「枕詞の発生」）、大森より市川に転居。河出書房新社に入社。職場に小野茂樹氏がゐた。
五月、幸田明子と結婚。
六月、桐の花賞を受賞。
昭和四十三（一九六八）年　二十七歳
四月より、コスモス誌上に「宮柊二作品研究」（合評）を連載。四月末、嬰児死産。この年からＧケイオスは歌会を中止し、読書会に切りかへる。（中古・中世の和歌を読み、のち俳句や現代の小説を読む。）
昭和四十四（一九六九）年　二十八歳
七月、長女生れる。
昭和四十六（一九七一）年　三十歳
八月、次女生れる。このころから数年、「ドストエーフスキイ全集」「大江健三郎全作品」など読む。
昭和四十七（一九七二）年　三十一歳
二月、武田弘之・杜沢光一郎・奥村晃作の三氏と同人誌「群青」を創刊。
昭和五十一（一九七六）年　三十五歳
三月、歌集『汽水の光』を角川書店より刊行。九月、コスモス賞を受賞。
昭和五十三（一九七八）年　三十七歳
四月、市川市塩焼に転居。
昭和五十七（一九八二）年　四十一歳
五月、歌集『淡青』を雁書館より刊行。九月、短歌研究賞を受賞。
昭和五十九（一九八四）年　四十三歳
二月、歌集『水木』を短歌新聞社より刊行。
昭和六十（一九八五）年　四十四歳
一月、同人誌「桟橋」創刊。
三月、母死去。
昭和六十一（一九八六）年　四十五歳
十二月、宮柊二先生逝去。
昭和六十二（一九八七）年　四十六歳
一月、雁書館発行の雑誌「現代短歌・雁」の編集委員となる。十一月、現代短歌文庫『高野公彦歌集』を砂子屋書房より刊行。
昭和六十三（一九八八）年　四十七歳
七月、歌集『雨月』を雁書館より刊行。
平成元（一九八九）年　四十八歳
九月、歌論集『地球時計の瞑想』を雁書館より刊行。
この年より平成三年まで、岩波書店版『宮柊二集』（全十巻・別巻一、宮英子・葛原繁との共編）の編集にたづさはる。
平成二（一九九〇）年　四十九歳
十一月、エッセイ集『うたの前線』を本阿弥書店より刊行。

平成三（一九九一）年　五十歳
六月、講談社学術文庫『現代の短歌』を編集・刊行。
八月、歌集『水行』を雁書館より刊行。
平成四（一九九二）年　五十一歳
十一月、岩波文庫『宮柊二歌集』（宮英子との共編）を編集・刊行。
平成五（一九九三）年　五十二歳
一月、日経歌壇の選者となる。
三月、二十六年間勤めた河出書房新社を退職。
平成六（一九九四）年　五十三歳
四月、青山学院女子短期大学・国文学科教授となる。
七月、不識文庫『高野公彦歌集』を刊行。十一月、『高野公彦作品集』を本阿弥書店より刊行。十二月、歌集『地中銀河』を雁書館より刊行。
平成八（一九九六）年　五十五歳
六月、歌集『天泣』を短歌研究社より刊行（翌年、若山牧水賞を受賞）。
平成九（一九九七）年　五十六歳
八月、父死去。
平成十一（一九九九）年　五十八歳
五月、岩波文庫『北原白秋歌集』を編集・刊行。
平成十二（二〇〇〇）年　五十九歳
四月よりＮＨＫ歌壇の選者となる（平成十四年三月まで）。十二月、歌集『水苑』を砂子屋書房より刊行（翌年、詩歌文学館賞及び迢空賞を受賞）。
平成十三（二〇〇一）年　六十歳
十月、『鑑賞・現代短歌　五　宮柊二』を本阿弥書店より刊行。
平成十四（二〇〇二）年　六十一歳
同月、エッセイ集『歌を愉しむ』を柊書房より刊行。
一月より「明月記を読む」を「短歌研究」に連載（現在も継続中）。
平成十五（二〇〇三）年　六十二歳
九月、短歌研究文庫『高野公彦歌集』を短歌研究社より刊行。十月、歌集『渾円球』を雁書館より刊行。
十一月、国際交流基金の派遣でモスクワへ行き、詩歌シンポジウムと自作朗読会に参加。
平成十六（二〇〇四）年　六十三歳
十月、朝日歌壇の選者となる。
十一月、紫綬褒章を受章。十二月、日経歌壇の選者を辞す。
平成十七（二〇〇五）年　六十四歳
一月、講談社文芸文庫『窪田空穂歌文集』を編集・刊行。

【編者プロフィール】

津金 規雄（つがね・のりお）

1953年　東京生まれ
早稲田大学教育学部卒業
演劇評論家（歌舞伎）
青山学院女子短期大学講師
「コスモス」所属　「棧橋」同人
歌集『ファーブルの帽子』（柊書房）

【編集後記】

■これまで何回か高野氏の仕事をお手伝いしてきたが、編集人として名前を出してというのは、初めてである。ご自身も長らく編集に携わってきた高野氏だが、今回の私の仕事について細かいことは一切おっしゃらず「君に任せるよ」という態度で接して下さった。ありがたいと同時に責任の大きさを感じている。監修の伊藤一彦氏、また青磁社の永田淳氏には、大変お世話になった。心から感謝申し上げます。（津金）

■生い立ちから経歴・嗜好、作歌信条など多くの点からライトを当ててみた。高野公彦という歌人を知る端緒になれば幸いである。刊行にあたり高野氏、伊藤氏、津金氏そして宮崎県生活文化課の方々には大変お世話になりました。記してお礼申しあげます。（永田）

シリーズ牧水賞の歌人たち

・・・・続刊予定・・・・

Vol.2	佐佐木幸綱	定価 1800円＋税
Vol.3	永田和宏	予価 1800円＋税
Vol.4	福島泰樹	予価 1800円＋税
Vol.5	小高賢	予価 1800円＋税
Vol.6	小島ゆかり	予価 1800円＋税
Vol.7	河野裕子	予価 1800円＋税
Vol.8	三枝昂之	予価 1800円＋税
Vol.9	栗木京子	予価 1800円＋税
Vol.10	米川千嘉子	予価 1800円＋税

（シリーズ全巻をご予約いただきますと、定価の一割引にて販売させていただきます。）

シリーズ牧水賞の歌人たち Vol.1
高野公彦
2005年5月31日　初版第一刷発行
2005年11月27日　初版第二刷発行
監　修　伊藤一彦
編集人　津金規雄・永田淳
装　幀　加藤恒彦
発行人　亘郁子
発行所　青磁社
〒603-8045 京都市北区上賀茂豊田町 40-1
Tel075-705-2838　Fax075-705-2839　振替 00940-2-124224
seijisya@osk3.3web.ne.jp　http://www3.osk.3web.ne.jp/~seijisya/
印刷所　創栄図書印刷

ISBN4-86198-000-3 C0095